weissbooks.w

Erika Burkart
Nachtschicht
Ernst Halter
Schattenzone
Gedichte

Mit einem Vorwort von Ernst Halter

weissbooks.w

Ernst Halter und der Verlag danken der Josef Müller Stiftung, Muri, sowie dem Aargauer Kuratorium für die Unterstützung bei der Drucklegung dieses Bandes.

Wider das Große Schweigen. Zu den letzten Gedichten von Erika Burkart

Ein Vorwort von Ernst Halter

Die Publikation von NACHTSCHICHT ist keine Verwertung von Überbleibseln, noch ist sie der Verblendung des Nachlaßhüters zu danken, dem jede Zeile »seiner« Dichterin heilig ist, sondern – durchaus nüchtern – der Bedeutung dieser hinterlassenen Texte. NACHTSCHICHT ist die bewegendste und in der Diktion modernste Gedichtsammlung Erika Burkarts, das Skript einer Sterbenden, die sich selbst beobachtet und begleitet, solange die Worte sich einstellen und die Hand gehorcht:

… mein Zimmer diesseits
des traurigen Traums,
den zu vergessen,
ich mich erinnere
schriftlich. *(»Herbstlicher Gast«)*

Erika Burkart hat NACHTSCHICHT, den dritten Teil der »Schmerztrilogie«, ihrer schweren chronischen Krankheit abgerungen, die ihr tagsüber kaum eine Stunde Ruhe ließ und sie nachts mit Alpträumen quälte; abgeschlossen hat sie das Buch nicht mehr. Das Konvolut, beschriftet »Nachtschicht. Gedichte 2008/9«, besteht aus 59 Blättern, davon 55 in Bleistiftschrift auf karierten A4-Blättern und vier Ausdrucken aus zwei Dateien von 2008 und 2009. Transkribiert, zum Teil entziffert und erfaßt habe ich das Manuskript auf 67 Blättern. Aus einem handgroßen Entwurfsbüchlein habe ich »Verzweiflung« übernommen. Dazu zwei weitere Textfragmente, von denen später die Rede sein wird.

Da die Gedichte in verschiedenen Entwicklungs- und Bearbeitungsstadien liegen geblieben sind, wird der Zustand der jeweiligen Handschrift vermerkt. Die Zwischentitel wie auch die Komposition der vier Kapitel stammen von mir. Anmerkungen zu einzelnen Gedichten, Äußerungen der Schreibenden, Kommentare zu Inhalt und Textgestalt, Konjekturen sowie, falls möglich, ungefähre Datierungen finden sich zusammengefaßt am Schluß des Bandes.

Sechzehn Texte können als abgeschlossen gelten; sie liegen in einer schwach oder nicht korrigierten, regelmäßigen und gut lesbaren Reinschrift vor; einige wurden später noch einmal leicht überarbeitet oder ergänzt. Ihnen stehen zweiundvierzig Entwürfe gegenüber. Notiert sind sie in der für die Dichterin charakteristischen, teils flüchtigen, teils kraftvollen, nicht selten wilden Entwurfsschrift mit zahlreichen Verweisnummern, Radierungen, Streichungen, Hinweispfeilen und Überschreibungen. Sie bieten die größten Schwierigkeiten, konnten jedoch bis auf drei Unklarheiten entziffert werden. Sie stammen im allgemeinen aus der letzten Zeit und weisen auch die meisten Reimsequenzen auf. Vier Reinschrift- und Entwurfsblätter sind abgebildet.

»*Denn diese Krankheit ist gottlos.*« Der Vers aus Erika Burkarts Requiem für ihre Mutter »Ort der Kiefer« (Das Licht im Kahlschlag, S. 29–35: 33) traf für den, der sie betreute und pflegte, auch auf die Krankheit der Dichterin zu. Ohne tödlich zu sein, drängte sie ihr Opfer langsam, unausweichlich in den Tod durch Erschöpfung, Unterernährung und Verzweiflung. Damit war auch der Titel Nachtschicht dieser Gedichtsammlung gegeben. Der Großteil der Gedichte ist nachts entstanden, am Schreibtisch, um den Schmerzen zu entfliehen oder sie doch für kurze Zeit mit Hilfe der Schwerarbeit der Dichtung in den Hintergrund zu drängen – eine Leistung, erbracht mit zähem Willen und größter Tapferkeit und das letzte Dokument der Lebensleidenschaft von Erika Burkart: im Gedicht Zeugnis zu geben von allem, was sie anging. Je kleiner die Hoffnung war, zu genesen, desto größer, rücksichtsloser wurde die Freiheit des Ausdrucks – im Umgang mit Menschen wie mit Texten.

Gedichte entstanden, die, frei von jeder Berücksichtigung formaler Traditionen, bemüht einzig um schonungslose Genauigkeit, zu selbstgeschaffenen rhetorischen Formen und Formeln fanden. Diese wurden jedoch nicht kunstvoll eingesetzt oder weiterverwendet, sondern in den Abgrund des Lebens gehämmert (»Erinnern«). Wortwiederholungen, Wortspiele, Wortpaare, Gegensatzpaare, Satzfragmente, willkürliche Sprünge aus der ersten in die dritte oder zweite Person des Subjekts, brüske Objektwechsel, Reime, die auf den ersten Blick einem Album mit naiver Dichtung entnommen scheinen – und unzählige Reimsequenzen. Die wohl eindrücklichste Sequenz, in »Reime der Todesangst«, erhellt schlagartig den Sinn dieses mnemotechnischen Behelfs, der zugleich als Chance eines neuartigen poetischen Sprechens in harten Fügungen wahrgenommen wird:

Blumen leuchten mit Eigenlicht,
indes die Schwelle ins Haus zerbricht,
für immer erlosch mein Gesicht.

Die drei Reimwörter zwingen drei Konstanten dieser Dichterexistenz in scheinbarer Willkür zusammen: das Licht, geliebt und jeden Morgen erhofft als Spender des Lebens, die von Kindheit an lastende Bedrohtheit der bergenden Außenschale Haus und das Gesicht, den ersten Ausdruck der eigenen Persönlichkeit.

Alles, das Nächst- und Fernstliegende, hat die Schreibende zusammengerafft, aufgehäuft zu einem Damm gegen den anflutenden Wortschwund, das drohende Vergessen, das sie bewußt als das Verstummen im Tod vorauserlebte. Dennoch blieb das Gesagte Gedicht, selbst auf Entwurfsblättern, wo die Einteilung in Verszeilen aufgegeben wurde, da die ausrinnende Zeit zum Notat zwang. Der Rhythmus der Diktion trug sicher bis zuletzt und hat die Verseinheiten klar erkennen lassen. Die Innenschau und die Freiheit der Bildfindung blieben im hoch persönlichen dichterischen Kosmos verankert und sind selbst in den letzten Gedichtentwürfen nicht schwächer geworden, so im folgenden Gedicht, das als Entwurf mit genau *einer* Korrektur vorliegt:

Der blaue Vogel

Blau: die Erfindung eines ~~verschollenen~~ Gottes,
wirft er von fern,
immer ferner,
einen Vogel
aus der Ewigkeit in die Zeit.

Aufgrund der Entwicklung der Schriftzüge kann man davon ausgehen, daß im allgemeinen – jedoch nicht immer – die ersten Gedichte im Konvolut die ältesten sind. Sie setzen wahrscheinlich im Frühjahr 2008 ein.

Mit Sicherheit erst in der letzten Leidenszeit entstanden die Gedichte mit Reimsequenzen. Eine kleine, »erfolgreiche« Operation unter Vollnarkose am 3. September 2009 hatte gewisse Hirnfunktionen dauerhaft geschädigt. Kurz darauf erzählte mir Erika Burkart mehrmals, sie müsse in Reimen denken. Gewisse Wörter waren nur noch über Reim und Assonanz abrufbar.

Vom Reim angezogen wurden selbst Namen, die während der Kindheit eine Bedeutung gehabt hatten, sich jedoch nicht mehr mit einer Erinnerung verknüpfen ließen. So – durch »roh« und »froh« – das geheimnisvolle »Munderloh« in »Verlorene Wörter«, Name eines Dorfs im Oldenburgischen –, wohl aus einem deutschen Kinderbuch, das die Dichterin früh gelesen haben mußte. Auch Komposita, welche die Hauptelemente einer Aussage oder eines Eindrucks bündeln, wurden gegen Wort- und Bildverlust aufgeboten: Eisgraupelregen (»Wind«), Winteralpträume (»Bord am Weg zum Bergwald«), Eissplitterklirren (»Einschneien abends«), Vorzeitgekräut (»Meer«), Linden-Altblätter, Nebelnachtfeuchtes (»Nebelfrühe«), Staubfäden-Haar (»Herbstblätter«), moorsumpf-alt (»Erdgeschichte«), feinscharf, Schwarzschildkäfer (»Sommerzeitliche Morgenfrühe«), Schwarzherz (»Das Erlöschen«).

In Konditionalsätzen wurde das umgangssprachliche »wenn« nunmehr meist unterdrückt. Ausnahmen sind Absicht. »Wenn« signalisiert dann keine reale kausale oder temporale Bedingung, sondern beklemmende Angst: »*... wenn kein Halm sich regt / ... / wenn die Katzen schlafen und / die Vögel verstummt sind, schlägt der Blitz ein*« (»Das Alter«). Erika Burkart hatte »wenn« nie gemocht, vielleicht weil Konditionalsätze nicht besonders elegant sind und erst noch umständlich eine von außen bestimmte Bedingtheit signalisieren. Ersetzt wurde es durch die Inversion von Subjekt und Prädikat: ›Hätte ich gerufen‹ statt ›Wenn ich gerufen hätte‹. Kommt es zu Satzreihungen, können Unklarheiten entstehen, da Haupt- und Nebensätze oft nur durch Komma getrennt sind. Ziel solchen Sprechens – und dem affirmativen Charakter von Erika Burkarts Dichtung angemessen – wäre eine Hauptsatzsprache, in der die Feststellung der Fakten und deren Reflexion verschmolzen und als getrennte Denkbewegungen aufgehoben würden.

Das Halten der Zeilen auf derselben Höhe, hie und da bereits die Orthographie des Einzelworts, bereitete nun Schwierigkeiten. Die Dichterin, extreme Linkshänderin, hatte noch mit der »schönen«, »lieben« Hand schreiben gelernt. Dies rächte sich: Die Schrift begann zu zerfallen und lief aus dem rationalen Zügel.

Ich habe mich entschieden, die zwei letzten, mehr oder weniger vollständigen Gedichte oder Gedichtentwürfe von Ende Oktober und Anfang November 2009 einzufügen, als der Dichterin das Schreiben kaum noch möglich war: titellose Notate, [»An Georges Wenger«] und [»Herbstblätter«]. Der erste Text – auf einem Briefbogen – ist ein Dokument der Verzweiflung, da der Dichterin der Grund ihrer Existenz, das Wort, allmählich unter den Füßen versank. Noch versuchte sie sich mit einfachsten Reimen in die Sprache zu retten.

Ich kann nicht mehr beten,
bin im Schlaf an mein eigenes Grab getreten.
Deine Bilder begleiten mich fort und fort,
bleiben Heimat. Noch sind sie ein Ort.

...

Alles noch einmal,
winzig und zart,
anderer Art als die Welt –

...

Die Winterfrau sagt:
Die frieren, sollen sich lieben,
zählt Eulen und Meisen, die ihr geblieben.

...

auch Deine Bilder. Schilder der Seele,

...

Wir lesen und schauen, können wenig verstehn
vom Werk; nur Hülle und Herz sehn...

[»An Georges Wenger«] ist die einzige mir bekannte Gedicht-Epistel Erika Burkarts, eine Notlösung, da sich Sätze in Prosa offenbar nicht mehr zu Papier bringen ließen. In [»Herbstblätter«] wird ein letztes Mal der seherische Blick durch die Oberfläche in einigen fast spielerisch hingesetzten Metaphern wirksam; Wörter, die nicht mehr ausgeschrieben wurden, habe ich sinngemäß ergänzt.

Dem *jisei* (Todesgedicht) der japanischen zen-buddhistischen Tradition bestürzend nahe kommen einige Verse von Mitte November 2009, die sich auf einem losen A5-Blatt finden. Mit unsicherer Hand hat die Dichterin, damals bereits im Krankenhaus, in immer neuen, durchgestrichenen Ansätzen ein Herbstbild festzuhalten versucht, das in äußerster Raffung ihre Partizipation am Lebendigen mit Grunderfahrungen ihrer Kindheit vereint. Vor dem inneren Blick hatte sie die Aussicht von ihrem Schreibtisch durch die bereits entlaubten Bäume. Sie sieht in dem *durch Staunen erweiterten Raum*, wie schwarzweiße Kühe ins *Pilz-Holz* (den kleinen, 1991 von mir gepflanzten Wald) trotten und

… bevor sie im Wald verschwinden,
noch einmal sich drehen
ins Licht, den Raum, wo noch immer
die Sterne des Kindes stehen.

Die *Sterne des Kindes*, angerufen im letzten Lebensjahr der Dichterin: Sie ist sich selbst und den prägenden Eindrücken und Erfahrungen ihrer Kindheit treu geblieben. Wohl hat sich die Thematik ihrer Gedichte erweitert, und betritt sie in den Kapiteln »Wortverlust – Weltverlust« und »Nemo« (d.h. Wind / Tod) von NACHTSCHICHT ein neues, unabsehbar weites, letztes Feld. Doch die Art der Betrachtung und Reflexion dessen, was an sie herantritt, hat sich nie geändert. Der Blick durch die Oberfläche der Dinge und des Lebendigen hat seine bald trauervolle oder empörte, bald blitzhaft erhellende Kraft der Transzendierung des Hiesigen durch Metapher und kontrastierende Gegenüberstellung nie verloren. Was wechselte, war der Vordergrund; die *Sterne des Kindes* sind unverrückt geblieben.

Das Gedicht »Meer« ist in seiner umfassenden Betrachtung und Durchdringung des Gegenstands eines der wenigen »Weltgedichte« in Erika Burkarts Werk – und Neuland für eine Dichterin, die dem Element Wasser immer mißtraut hat. Nun wird es mit einer atemberaubenden Sprachbewegung, welche das ganze, rührend abgezirkelte poetologische Brauchtum abschüttelt, hereingeholt und in eine Kaskade von Bildern verwandelt. Der Grund der lebenslangen Wasserscheu wird klar: Das Meer steht für das Verschlungenwerden im Tod, damit neues Leben werde. Nun ist dessen Zeit gekommen, und grad weil es *Wahnsinn* ist, *vom Meer berichten zu wollen*, muß darüber geredet werden. Die plötzlich aufreißende Vision vom Anfang und Ende des Lebendigen im Meer ist nun, kurz vor dem großen Dunkel, möglich. Zugleich bietet »Meer«, Metapher nach Metapher und gipfelnd im Oxymoron »Weltsprache Schweigen« (genau in der Mitte des Gedichts), eine Folge sich steigernder Erkenntnis- und Glücksmomente und eine kaum überbietbare Fülle von Sprache auf. Ein Vergleich mit seinem Pendant, dem Gedicht »Ein Indianermädchen sieht die Sonne aufgehn« (Die weichenden Ufer, S. 69), macht deutlich, wie stark sich die Wahrnehmung aus dem Mythischen ins Hiesige – und bereits in ein Jenseitiges verschoben hat.

Erika Burkarts Dichtung bedachte ein weites Feld, ganz selbstverständlich und in großer Freiheit. Kannte sie etwas, hatte sie sich damit beschäftigt, es sich zu eigen gemacht, konnte es ihr zu Bild und Wort werden, bezog sie eindeutig Stellung – aus ihrer Sicht. Wenn sie im Gedicht »Bord am Weg zum Bergwald« schreibt: *»In Enziansternen / öffnet die Erde die Augen«*, sind die beiden Metaphern ›Enziansterne‹ und ›Augen der Erde‹ weder philosophisch noch ökologisch oder spekulativ zu verstehen oder nur als evident einprägsame Funde zu schätzen. Sie dienen der Erkenntnis; sie sind eines der wichtigsten Erkenntnisinstrumente dieser Dichtung, sie sprechen eine unter Einsatz der ganzen Persönlichkeit über Jahrzehnte gewonnene Erfahrung der Teilhabe am Ganzen gültig aus. Sie treffen zu. Daß die Erde in Enziansternen die Augen öffnet, ist wahr. Die kurzstengeligen tiefblauen Enziane schaffen mit fünf ausstrahlenden Kronblättern ganz selbstverständlich den Bezug zum kosmischen Begriff des Sterns; zum andern sind Blumen in unwirtlicher Umgebung eines der beglückendsten Zeugnisse für das Erwachen des Lebens. Erika Burkart hat sich zeitlebens wesenhaft mit Blumen und Sternen identifiziert. Sie war eine leidenschaftliche Botanikerin, und Blumenfreuden, etwa über den Blauen Himalaja-Scheinmohn *(Meconopsis betonicifolia)*, gehörten zu ihren brennendsten, kindlichsten Freuden.

Teilhabe kann man nicht abschütteln wie die letzte Mode oder Ideologie. Sie ist die Voraussetzung unsrer Existenz, anders gesagt: der Grundvertrag, den die Schöpfung, organisch wie anorganisch, mit uns bei unsrer Geburt geschlossen hat und der uns das Recht gibt, hier zu sein. Der letzte Punkt dieses Vertrags lautet: »Tod«. In der Teilhabe und deren strikter Bezogenheit auf das sprechende, verantwortliche Ich gründet auch die standhafte Wandlungsfähigkeit von Erika Burkarts Dichtung. Sie trägt immer das Signum ihrer Persönlichkeit. Sie ist die Kraft der Verwandlung des Äußeren in ein Inneres, des Anderen oder Fremden in ein Eigenes – und dieses Eigene, Innere bleibt unbeirrbar bei sich. »Dauer im Wechsel.« Erika Burkart mochte in hohem Alter wohl weltscheu oder weltmüde werden; schöpfungsmüde ist sie nie geworden:

… noch übe ich mich in Zeichen und Kerben,
höre Echo hauchen,
möchte Vogelsilben verstehn,
möchte nicht in die bessere Welt gehn,
bitte den Schmerz
um das Wort, das trifft. *(»Das Atmen der Horen«)*

Althäusern, im Juli 2010

⟶ *Zu den mit Pfeilen gekennzeichneten Gedichten finden sich Anmerkungen und Kommentare auf den Seiten 149 bis 151.*

Erika Burkart
Nachtschicht

Nach innen verlegt

Distanzen

Die Durststrecken
immer länger,
die Freude ein Punkt,
die Liebe ein Funke,
erlöschend im Flug.
Wo er schwand,
ein schwarzer Stern,
Fixstern Erinnern,
herz-eigen und
sphärenfern.

Altersfreuden, Altersfrust

Wenn jedes Wort
eine Geschichte ist,
an Adressen schreiben,
die es nicht mehr gibt,
allein sein mit fast allem,
was man noch liebt,
müßige Fragen bedenken:
Wer bist du, wo kommst du her?
Perlen, Kleider und Bücher verschenken,
auch, unvollendet, die Schrift
vom großen Schmerz und nächtlichen Meer.

Sich wiedererkennen auf alten Fotos,
inbildlich dem scheuen Kind.
Auf Wiedersehn winken,
Tabletten kauen, den faden Tee
als Liebestrank trinken. Mit Lügen
Hinterbleibenden Kummer und Leid
des unvermeidlichen
Abschieds lindern.

Wind

Nomade, fernher, der uns nicht kennt,
Wind, das mir fremdeste Element,
bis die Flut sich sänftigt zur Welle.

Einstmals, zur Flutzeit,
welch ein Glanz auf der Schwelle;
unbetretbar schien sie; innen
der Raum die Welt.

Du hast mich geliebt,
ich hab dich geliebt –
Liebe: Staub, der über uns wegstiebt
in der Juni-Helle,
wenn grüne Hügel und hoher Himmel uns geben,
was wir nicht fassen.

Nicht verpaßt die Stunde,
in der mein Erinnern ruht,
einfriert, erblindet, erwacht,
schauen lernt All-Tag und All-Nacht,
elementar
unter deinem Atem, Nomade.

Auch wenn du tobst
im Eisgraupelregen,
fliegen dir Morgenvögel entgegen.

Das einsame Kind

Unwillig, den Tag zu beginnen,
schluck ich drei Medikamente,
die Stunden stocken, die Stunden rinnen,
verwölkt der Mittag, der Abend rot –
noch bin ich nicht tot, bin nicht bar
der wandelbaren Erinnerung,
daß ich einst mehr war als Luft und Dung,
daß ich sprechen konnte,
schreiben und lesen,
Menschen und Tiere,
Glas und Steine liebte, Nebelwesen,
auch zarte Bäume, die sterblichen, mächtigsten
Träume der Erde.
Einer der ihren zu werden wünschte das Kind,
saß es im Gras, über sich den Baum,
Vögel, Himmel und meerher –
erzählte das erste allein gelesene Buch –
der allwissende Wind aus einem
Seele und Augen unvorstellbaren
Stern-Sonnen- und Gottesraum.

Das einsame Kind

Unwillig, den Tag zu beginnen
[illegible] [illegible] durch [illegible]
die Stunden stocken, die Stunden sinken,
[illegible] der Mittag, der Abend [illegible]
[illegible] [illegible] nicht [illegible]
der [illegible] Erinnerung
das sich [illegible] mehr war als [illegible] und Ding,
daß ich [illegible] Sprechen konnte,
Schlafzimmer und [illegible]
[illegible] und [illegible]
Glas [illegible] und [illegible] Nebelmann [illegible]
[illegible]
auch zarte Bäume, die [illegible]
[illegible] der Erde [illegible]
[illegible] der [illegible] zu [illegible]

Vogel [illegible] er im Gras über sich [illegible]
[illegible] Himmel, und [illegible]
der [illegible] Wind [illegible]
[illegible] auch [illegible] einen
[illegible] [illegible] Augen
[illegible] und Gottesraum,
Stern Sonne

erzählte das [illegible] allein
[illegible] Kind
[illegible] er
[illegible] er
[illegible]
sagte das Buch
[illegible] Buch

Erinnern

Gestreift von einem flüchtigen Licht
der allzeit sich wandelnde Schatten Erinnerung;
willst du sie worten, zerfließt er,
ist Wolke, vieldeutig, ein Nachbild
deiner Vergänglichkeiten.

Erinnerungslücke, Erinnerungsschock,
Erinnerungspanik, Erinnerungsschwund;
Täuschung und Fälschung; Lupe.
Zu einer Ansicht verwischt
Unvereinbares aus manchen Träumen;
Flammengold; erzschwarzer Block
aus unbestimmbaren Jahren.

Die Erinnyen,
der Engel Erinnerung.
Das Weh eines heilenden Wissens?

Erinnerungssucht, Erinnerungsflucht.
Durch Erinnerungen einander
für immer verbundene Menschen,
durch Nievergessnes unversöhnliche Feinde.
Vergessen. Fortwirkend ein Tropfen
vom ältern Zauber: Wahlverwandtes
unwiderstehlich. Im Zweiten Gesicht
das eigne Auf-Erden-gewesen-Sein
in einem blitzscharfen,
einem mild-trüben schmerzlichen Licht.

Der Mann im Mond

Was Hirne wissen,
Zahlen benennen,
du vergißt es. Vergiß.
Dich fesselt der Augen-Blick; jetzt!
wenn nach der Stunde
der späten Gänger und langen Schatten
auftaucht beim Ost-Tor
Atem- um Atemzug Miegel,
der Mann im Moor,
der Mann im Mond, bald Kinder-,
bald Greisengesicht,
schaute das Kind empor
zum immer wieder zerbrochenen Spiegel.

Zweitentwurf, Erstentwurf (»Mondesaufgang«) auf der oberen Blatthälfte, durchgestrichen

Auge in Auge

Ich höre, sagte die Frau,
den Mond aufgehn. Eine ferne Brandung:
was man hört, doch nicht sieht,
Stille, wie sie aus dunklen Tälern heraufdringt,
von waldigen Höhen herabklingt.
Anders hören die alten Ohren,
anderes sehn meine schlierigen Lichter,
vertauschen Tages- und Jahreszeiten,
verwischte Fragmente und brennendes Glück.

Wessen Zeit, tönt der Mond?
Meine Zeit.
Das Werk eine Wunde;
meine Sekunde löscht aus in der Ohnmacht,
die mich überkommt, rücklings und sacht.
Sie sagen, ich habe geschlafen!
Buch und Brille am Boden –
ich erinnere nichts,
weder Schlaf noch Wachen noch Lesen.
Du hast geträumt? Nein, kein Traum, leer
bin ich erwacht, ein bis auf die Borke
gehöhlter Strunk,

versuche, Gelebtes zu orten,
Verpaßtes zu ordnen
im sinnlosen Chaos der Nähe,
Schemen zu bannen von Wörtern,
nicht zu fluchen. Kummer.

Krumm ins Land
steigt aus dem Hügel der Mond,
wo sonntags vor tausend Jahren,
wenn die Mutter hinter der Theke
Gläser blank rieb, das Kind
im brusthohen Gras stand,
Auge in Auge mit Blumen.

Bei den Bäumen

Wo Linde und Tanne
dir verschwistert waren,
das Blatt in die Hand wuchs,
einem Herzen das Blatt glich,
Schwester Linde! – Nadel in Nadel
spiegelten Tanne und Kiefer.

Weglos über Ähren und Schnee
fand die Glocke zum Haus,
dessen Fenster Augen
auf Bäume waren, die mich
wiedererkannten,
kehrte ich heim von weit.

Kränze von Zweigen
wuchsen den Bäumen;
in ihrem schützenden Schatten
verzwergte die Frau, fühlte,
gelehnt gegen einen Nußbaumstamm,
menschliche Form
mit ihrem immer geringeren Körper.

Vor die offene Tür,
die Einlaß gewährt Verschollnen und Toten
meines Lebens, treiben im Spätherbst
aus der Dämmerung schwarze Blätter,
tasten Wörter
nach ihrem verlorenen Sinn,
decken Sinn und Bild sich, verwandelt,
in einem wiedergefundenen Wort.

Reflexe

Reflexe auf Büchern und Wand
von Lichtern aus einem andern Land.
Wetterleuchten. Sie meidet den Spiegel,
kämmt, in sich schauend,
Gedanken und Haar. Zuckt –
erinnert das Dürre-Jahr,
das Knistern von Blitzen und Hungergras.

Letztes Leuchten. Ferner das Grollen,
Reflexe und Spiegel aus,
mähliche Schatten lösen
aus seinen Wurzeln das alte Haus.

Regenschauer. Nach 11 beiseit
im Zwielicht die Gäste der späten Stunde.
Sie räumen den Tisch, haben Zeit,
kennen den Ort, wo man schrieb und aß,
Nächstes im Blick, ins Weite sann,
von Hier nach Dort den Sinn-Faden spann,
im Blauen Buch. Die Waldhirtin las,
furchtlos in zaubrischer Scheu
bei Bären und Wölfen, in Höhlen saß,
geliebt jedes Tier
zum Prinzen genas.

Sein oder Nichtsein.
Ein alt-neues Wort,
vergißt sich nicht,
redet einer ins Dunkel
mit sich allein.

Reden und Lauschen

Umgang hast du mit der Sprache,
Gespräche, als kenntest du sie,
als kennte sie dich –
gehst in Silben und Lauten
aus und ein, glaubst mittels Worten
zu sehn, was Schreibende schauten,
läßt sich, redend, doch wenig sagen,
es sei denn in immer
dunkleren Fragen.

Mit schlichten und schwierigen Sätzen
das Große Schweigen vergittern.
Schweigend dem Rauschen der Stille lauschen.
Im Lauschen
hinter Seufzer und Silbe den unsichtbaren, den wahren
Menschen wittern.

Das Buch als Botschaft; alte Reime
als Brücken, die dich
in Landschaft und Zeit
Ungeborener und Entschwundener
entrücken, so wirklich wie wunderlich.

Die Wahrheit der Märchen

Gefährdet sind, die sich lieben.

Das Personal ist dasselbe geblieben,
findet sich eine Seele, ein Mund,
der Märchen kundtut, als wär er
dabeigewesen, da Könige Bettler,
länger die Jahre, die Bäume gefeit,
allwissende Vögel,
Geister und Genien mit uns waren,
über und unter der Erde
Tiere unsere Sprache sprachen,
unverborgen, mitgerissen im Stieben
der Erinnern wie Vergessen
fressenden Zeit –

Gefährdet sind, die sich lieben.

Winterliches Wegkreuz

Das Wegkreuz. Ein aufrechter Toter
nahezu nackt in frostiger Nacht.
Der hing und litt –
Ihn grüßte das Kind,
wenn es abends nach heimlichem Flurgang,
eine Wiedergekehrte, doch fremd,
längs der Mauer nachhaus ging,
ein Nachtwild, im Schnee
morgens sein spurender Schritt.

Bord am Weg zum Bergwald

Ein Weg; in der Zeit
nach innen verlegt.
Noch kann ich ihn gehen,
ich geh ihn allein.

Frühjahr.
Berge aus Schnee; nichts als Schnee,
furchtbar und rein hoch überm Weg-Bord,
seinem zerlöcherten Fell.

In Enziansternen
öffnet die Erde die Augen,
Blau aus Essenzen von Träumen,
die man träumt, bevor man erwacht
ins frostverkrampfte, im Sommer
von Schwermut verschattete,
Nacht-Gewittern verstörte Leben.

Ich gehe, sehe –
von Winteralpträumen sich freischaun –
die ersten, aus Stein und Eis
auferstandenen Blumen.

Einschneien abends

Alle sind da. Warten.
Schneehasen, Murmeltier,
der weiße Rabe, das Krippenlamm,
Brüderchen Reh,
abseits die geisteräugige Eule,
der Jäger mit der knöchernen Keule.

Der Schnee-Engel weicht zurück in die Hecke,
das allwissende Buch
unter dem enger geschlungenen Tuch,
Eissplitterklirren im Heckengestrüpp
löscht sein Gesicht.

Im Buch ist das Licht –,
da schon die Nacht um die Mauer tappt,
der alles tilgende Schatten naht,
aus sinkendem Himmel flaumige Saat
sich in Wälder, weglose Weiten senkt. –
Aus froststarrem Tannenfittich
der Kopf eines Pferdes, Tier, das denkt,
das seinen Reiter verlor
im vereisten, vom Blut der Sage
gezeichneten Moor.

Fragment

Das Bruchstück.
Aus den Bruchkanten keimen
Vermutung und Ahnung,
schließt der Leser das Buch,
spinnt weiter am zerrissenen Faden,
läßt Leerstellen offen, flickt aus
mit eigenen Mustern und Mutmaßungen.

Ein Fragment wird
von jeder Epoche anders gelesen,
wir wirken hinein das Zeitgemäße,
deuten, addieren und kombinieren,
gewahren; an äußersten Rändern,
in den innersten Lücken
wuchert Vages und Schiefes,
ängstigt und narrt.

Was den Schlaf des Lesers verstörte,
schaute, unerträglich genau, ein Wacher,
der hinter sich und voraus sah,
wofür die irdische Stunde nicht reichte,
was in siderischer Zeit sich zuend denkt –
einmal im Licht und nie mehr –

Bruchstück: keiner
kann den andern ergänzen
im Punkt, der die Mitte ist.

Reinschrift mit Korrekturen

Ausgesetzt

Meer

Wahnsinn,
vom Meer berichten zu wollen,
vom Meer mögen einzig Ausgesetzte,
Barden und Seeleute schreiben,
wahrreden, lügen, Kunde geben in Mären,
Kunde verschweigen; das Meer
hat keine Sprache, ist da, Verweigerung,
Rettung, Mutter und Tod. Das Meer,
Spiel- und Schlachtfeld der Winde;
holt, ein tieferer, höherer Himmel,
in Atemwellen vibrierender Spiegel,
jedes Gestade ins Bild,
darin die Sterne wie Fische,
Fische wie Sterne schwimmen,
silberschwarz glimmen –, Fremdgetier.
Faunisches, vieläugig, glotzt, feurig geschwänzt,
aus träge fächerndem Vorzeitgekräut,
beredt in der Weltsprache Schweigen.

Lauschend dem Urlaut der Stille,
hör ich den eigenen Atem und –
fern über den Klippen im Felsenkessel –
das Keuchen, Schmatzen, Toben und Schmettern,
das Lecken der Wellen. Keine kommt an,
ruf-fern verloren draußen im Sturm,
kosen andere fußnah;
in der Wiederkehr der Gezeiten
klärt sich der Weltsumpf zum Grund.

Die Erde ist wund; wir sind ihr Mund,
beklagen die eigene Schuld an ihr,
rührt die Dämmerung gleich einem zärtlichen Regen
an unsre Lippen, erblassende Stirn –
erreicht uns die Flut, der Wogen Gang –
und, nicht zu worten, seit eh
der unaussprechbaren Tiefen
untermeerischer Klang.

Auf einen Sea Angel des irländischen Gelände-Gestalters Timothy O'Neill

Vom Lang-in-die-Ferne-Schauen
sind unsre Augen trüb
für den nahen Blick
und taub die Ohren,
wispert im Schilf der wissende Wind.

Kauernd zu Füßen des Steinmanns,
bin ich, mit ihm unterwegs über Kreten,
mir voraus auf dem Um- und Abweg zu jenen,
die einst mit mir lebten.

»Halte nach Westen«:
so die Stimme über den Wolken,
»dort findest du die Verschollenen,
in den Stollen des Berges,
wo sie bemüht sind um schwarze Blumen:
Rosa nigra«: Der Steinerne weiß Bescheid,
ihn lehrten Vögel im Sturm,
das Toben der Wogen –, Stille,
reines Schweigen und Leid.

Die Andern

Botaniker, Gärtner, Dichter
lösen das Rätsel der Blumen nicht,
Blumen sind im eigenen Recht,
überleben Pogrome von Landwirt und
Staatsarchitekten,
haben Wurzeln, die sich erinnern.

In der auf Same, Frucht, Fraß
bedachten Schöpfung blüht nebenaus
die Blume, ist anders,
ist und will schön sein,
verzichtet auf den Anschein,
eine Pflicht und Mission zu erfüllen
außer als Heilkraut und Schmuck,
ist Lust, Entzücken, erfindet
süße und tödliche Gifte,
lockt, verstört und verjagt
mit Düften, hat Umgang
mit Eros und Thanatos.

Liebesblume. Blüht zur eigenen Freude
meer- und luftblau, ist blind, scheint zu sehn.
Lichtwerdung in Absenz des Menschen,
wenn es tagt.
Stern Glocke Kelch, Dolde und Sonne,
niemand weiß, wann der Garten Eden
tränkte die ersten Keime, die ersten Knospen
dem Himmel darbot.
Frühjahr für Frühjahr lerne ich neu
ihre sinnigen und mythischen Namen,

blicke ich in ihr goldenes Auge,
schauen sie aus – als kennten, als hörten sie mich –
nach der Gängerin über dem Abgrund.

Zeit der Baumblüte

Drei bis elf Tage dauert die Feier,
da sie Erscheinung sind,
Lichtkugeln, Pflanzengestirne.
Staunen! Schauen!
Emporschaun – und schon das Nachschaun,
schon ist das Wunder dahin.
Der Raum schneit sich aus,
Blüten taumeln als Flocken
durch die trübkalte Luft,
lassen sich nieder, sind Schnee,
das Fest ist aus,
der Lichtbaum, das Baumlicht erloschen,
du kannst es nicht fassen, suchst Trost
bei zartem Keimgrün: erkennst
an rauchgrauer Rinde die ersten Blätter
im heimischen Garten –
fern blüht der Kirschbaum als Wolke
am Himmel hoch, ein Entrückter,
ein Fremdling, selbst unter Wolken,
weiß Gott, wem er jetzt scheint,
wessen Berg seine letzten Funken leuchten,
erlischt er, dunkelt er ein
in zeitloser Dämmerstunde
zur Erinnerung, daß die Erde
einstmals ein Paradies
und wir, liebesdurstig und blütentrunken,
seine arglosen Gäste waren.

Reinschrift mit wenigen Korrekturen

Oktobermond morgens 7 Uhr 15

Eine Blase, wässerig rot,
über dem Westhorizont;
steigt der Nebel im Moor,
taucht weg der verblichene Morgenmond.

Dunklen Sinnes erwacht; vergessen
den Traum. War es ein Zeit-Traum?
Ein träger, ein reißender Fluß?
Du weißt von nichts mehr. Du weinst.
Weinend
schälst du dich aus der Nacht.

Kommen, Schauen und Gehn.
Sah ich Gletscher zur Eiszeit,
Moränen, Lindos den See,
Spiegel dem Berg, dem Blutmond?

War aber kein Mensch, sie zu sehn.

Nebelfrühe

Frühherbst. Bald wird es tagen.
Im Nebeldämmer
lösen sich von den triefenden Zweigen
Flocken, einzeln und spärlich,
taumeln, träufeln
in der Morgenbrise
über die nasse graugrüne Wiese,
erinnern Blüten der schwarzen Schlehn,
betten sich lautlos,
blinken auf Linden-Altblättern: verwehten Herzen.

Kristallines vibriert
in Spinnennetzen,
blitzt und schimmert –, erlischt,
dringt Nebelnachtfeuchtes
hinab zur Wurzel des Schößlings,
nährend den Wald der Enkel.

Ende Oktober

Wolkenburgen. Der Himmel tief,
der Himmel hoch, klare Bläue,
Föhngewitter und Wettersturz
verwirren Menschen, Vögel und Vieh.

Zeit der flammenden, nachts
vom Sturm gebeutelten Bäume.
In leergeernteten Furchen Krähen,
vom Nebel gekammerte Flur ohne Rand,
Eindunkeln ab fünf; Allerseelenland.

Im triefenden Gras faulen Äpfel,
unreif gepflückt, reifen sie nie.
»Reife, die Vorratskammer des Todes.«

Der erste Frost. Sie entrümpeln
die Kachelöfen, sie schieben
Reiswellen und Knorren ins Hexenloch.

Der Herbsttag – »herbstkräftig gedämpft«,
Ruhn und Fließen,
wie sie dem Kind
erstmals aufgingen in einem Gedicht –
quillt aus dem Nachmittagsbrodem, blank gewaschen,
Glanz und Verklärung der Abendwiesen.

[Herbstblätter]

Verschrumpelt gleichen sie Wurzeln und Tieren,
sind alt und jung,
ein Panoptikum der Erinnerung.
Sie fallen, sieht Rilke, »wie von weit«,
fallen aus ihrer in unsere Einsamkeit;

taumeln und baumeln.
Haben spät im Jahr
eine eigene Jahreszeit,
blühen oktobergolden,
sonnengelb im frühen November,
fahl überfällt sie der bleiche, der dunkle Dezember.
Herbstblätter, Tod oder Leben.
Im Blätterblühen ist ihnen von beiden gegeben.
Laubherbst, Nachtsturm.

Wie sie nicken,
die kleinen Vögel, – enerviert picken.
Unter Moosen, Flechten und Rinden
geschehn die winzigen Tode,
ihr kreatürliches, tödliches Bangen.
Einzig die dreizehnbeinigen Spinnen
können im Rasterlauf
das Weite gewinnen mit List.

Sanft sind ihre Abschiedsgebärden.
Sie bereiten sich vor, lösen sich los,
fallen der weißen Holle ins Staubfäden-Haar,
in den Ahnenschoß.

Die sich trösten lassen vom Höhenlicht,
sie kennen den Weißen Tod noch nicht.

Die Alte schaut einem, den sie Freund [nannte],
den sie vergaß, ins nicht mehr erkannte
Gesicht, denkt an das
Brot, das sie seit Tagen und Jahren
allein in der kalten Kammer aß.

Im Rotgold der Märchen
brennen am Weiher Ahorn und Lärchen,
streifen ihre vom Rauhreif verbrämten Lider.
Früh wurde es kalt.

Winterdorf im Hochtal

Wirbel in der Höhe, treiben näher,
jagen am Fenster vorbei,
ein Schleier fliegt, weißt die Scheiben,
ein Vorhang fällt, der Berg geht zu,
und das Land löscht aus.

Flocken verweben sich, erden
an schwarzen Schollen,
verrottenden Blättern;
über flaumiger Decke verstummt das Flüstern,
offen die Kuppel auf einen Schwarm
im Weltraum treibender Sterne.

Mit Knirschen und Knistern
fällt nachmitternachts die Kälte ein.
Kristallsplitter blitzen
von Dächern, aus Zäunen –

keine Seele nirgends –

Mondschatten belauschen
die Stille um Gräber und Eiben,
Laternen und versunkene Scheunen.

Augenscheinlich

Wo zwei Augen sind,
ist schon ein Gesicht:
im Holz, unterm Schnee, im Stein;
vibrierende Schatten, Anflüge von Staub:
Wir sehen Wimpern
unter Brauen von totem Laub.

Fügsame Materie, hat Fantasie,
scheinlebendige Augen, starr oder geistrig,
schauen dir zu,
rollen und blinken,
schielen und winken,
lesen die Uhr.
Was aber, läßt einer
unter der Maske des Alters
reifen das andre,
Zweite Gesicht?

Augenscheinlich

1 Wo zwei Augen sind,
ist schon ein Gesicht
im Holz, unterm Schnee, im Stein, V2
mit [illegible] Fels, [illegible]
Vibrierende [illegible] die Wimpern [illegible] Anflug von Staub.

Augen, [illegible] kennen
[illegible] ausgelöscht,
ausgelöscht [illegible] nicht.
V4 4 Was aber, lässt einer ein paar [illegible]
unter der Maske des [illegible]
[illegible] Menschen [illegible]
[illegible] reißen das andere, zweite [illegible]
Augenschein? Gesicht?

3 Fügsame Materie, kalt Fantasie
[illegible] dir zu [illegible], [illegible] dir zu
scheinlebendige Augen, starr oder glühend,
schauen dir zu
[illegible]
Mit [illegible]
[illegible] rollen, blicken
schielen und zwinkern
lesen die Mir. V4
[illegible]
V2 2 [illegible] Brauen von [illegible]
vibrierende Schatten, Anflüge von Staub.

wir sehen Wimpern
unter Brauen von [illegible] Laub. V3

Schnee-Musik

Wirbelt, striemt, schichtet sich,
knistert und wächst, gefriert, kristallisiert.
Kommen als Sterne zur Erde,
verweben, verkleben, knistern und knirschen.
Es schlafen die Tiere,
die Menschen, Krume und Gras.
Nur die Räume wachen,
lauschen, lernen hören
das Flüstern und Schweigen
der Windstille über dem Schnee.

 Erstentwurf, durchgestrichen

Eine Musik, genannt Schnee

Die Augen zu, lauschend hinein,
hast du teil am Fluten,
hörst Flockenflüstern.
Daß werde eine neue Erde,
betten Flocken sich ineinander,
setzt ein Schwarm sich ab,
dem ein Spätwind unter den Flügel greift.
Hauchen – Laute,
Lispeln und Summen.
Alte dunkle Musik.

Eigentlich höre ich gar nichts,
fühle den Puls in den Fingerspitzen,
spüre im Hirn eine Leere, Raum
um Worte, deren Bedeutung verloren ging.

Blieb der Grundklang. Grundklänge bleiben.
Wortloses Schneien. Zu zweien
gehn die sich lieben
morgen im Flaum.

Im Gegenlicht

Noch leer, doch nicht kahl,
die Silhouette verrät
die Schwellungen unter der Rinde,
Äste weichen eng winkelschmal
aus der Geraden,
Zweige beginnen zu atmen,
wachsen dir entgegen im lauen Regen,
Ansätze erkennbar von Pustel und Punkt.

Näher treten, sich strecken oder neigen,
Bäume wollen
ihre Knospen zeigen.

Warten-Schauen wider das Licht, befühlen
die Wellenlinie am erwachten Holz,
die durchblutete Grau-Haut –
März! Feucht-kühle Wärme.
Es taut.

Zweitentwurf

Der letzte Frühling

Seit dem achtzigsten Jahr
ist jeder Frühling mein letzter,
Trauer verschattet die lichttransparenten
blutjungen Blätter.
Vom blühenden Kirschbaum
wend ich geblendet mich ab –, kehre zurück,
blicke hinauf in den Blütenhimmel,
ein Sonnenblitz, lautlos,
taucht unter Flutlicht
seit Wochen erloschnes Gelände,
Landschaft wird Land,
Augenblick Zeit,
darin ich wese,
14 Uhr, frühnachmittags
am Fenster über dem Garten,
dem winterkargen, jäh durchhellten.

Licht, das wärmt in eisiger Luft,
zerbirst Erinnerung
am einen erleuchteten Augenblick.

Existenz

Unsre Existenz zwischen Sternen,
deren Fernen Schönheit vortäuschen;
in unüberbrückbaren Leeren
weltalte Scheinkörper, Bälle aus Gas und Gift,
steinerne Totenmonde
im Schleier von Reflexen,
zaubrischem Truglicht,
das Herzschlag und Menses
der Frauen, Flut und Ebbe
der Meere bestimmt.
Ausgesetzt in die Felder der Schwerkraft
sind wir eines kosmischen Physikers Kreaturen;
ruhelos in der Sehnsucht
nach der dunklen Energie,
existieren wir auf Abruf
kraft des eingeborenen Traums
von einem Licht,
das wir nicht ertragen,
das wir in uns tragen,
das uns, die Unerträglichen,
trägt.

Der blaue Vogel

Blau: die Erfindung eines Gottes,
wirft er von fern,
immer ferner,
einen Vogel
aus der Ewigkeit in die Zeit.

Wortverlust – Weltverlust

Wortlos

Weile oft im Wortlosen
wie in einer leeren Muschel,
irgendwo tönt es,
aber ich weiß nicht,
woher.

Verlorene Wörter

Wenn du die Namen
der Menschen und Orte vergissest
von einem Moment zum andern,
verschluckt dich das Chaos im Nu.
Wer bist du? Ein Wisch Stroh,
doch nicht bereit,
dich aus der Zeit zu scheren,
vom Feuer gefressen,
von der Grube verschluckt,
zersetzt zu werden
von den unsichtbaren Zehrern
der Erde, die dir immer so lieb,
immer so fremd,
so herrlich und so fürchterlich war.
Du, ein Gespenst im Hemd,
bar jeden Zuspruchs, ein Gespinst
in der Nebelnacht,
wo das Moor dich kennt,
beim Kinds-Namen nennt,
Worte weiß, verlorene, alte,
wie Munderloh, roh; der Niemand im Rohr
flüstert, von mir
nicht mehr begriffen,
die Silbe froh.

 Zweitentwurf

Die Nacht

Wir kommen aus der Nacht,
suchen zurück in die Nacht,
fallen ihr anheim,
die uns ansaugt und ausstößt.

Halm um Halm erlischt, Ton um Ton
verstummen Stimmen von Tier und Mensch,
höher getürmt zerfallen die Wolken,
sind der graue, der fremde Berg
hinter dem Berg, den wir kennen,
seit uns die Arme der Mutter
in den bestirnten Himmel hoben.
Wie nah die Sterne, wie groß
die Welt jenseits der Welt.

Blaues dunkelt ein, Dunkles verblaut.
Was am Tag
Grenzen setzte Gefühl und Blick,
löst sich auf; grenzenlos ist die Nacht,
die andere, die alte, die dunkle abseits,
nimmt sie uns zurück
in den Punkt, der uns freigab
für einen Blick, einen Atemzug
in Zeit, Ohnezeit, Wahrheit und Trug, –
Kahlheit und Laub,
Haß und Leben, Liebe und Tod,
Glanz, Reflexe und Staub.

Reinschrift mit Korrekturen

Das Nachtgedicht

Die schriftliche Landschaft ist nicht
die wirkliche Landschaft, ist mehr,
gezeugt und geboren
in einem innenwirklichen Raum,
auch im Schlaf durchatmet
von Geist, fremdem Licht, Totentraum.
Gleicht der realen Erinnerung, erinnert an sie,
übertrifft sie, untergräbt sie, lebt,
ein Gefild aus Visionen, Anschaubarkeit,
ist ein Bild, sanft und wild,
hintergründig
in seiner Natürlichkeit;
ganz nah und weit weg
bleibt es bereit, in der Zeit
Welt zu werden von jener, die länger
als Augenwelt bleibt.
Höhenklarheit und Erdendunst.
Über eine Zeit nennen, die's lesen,
Kunst, auch sie, dunkle Energie.
Auch sie nährt, wen sie speist,
weist sie auf sich,
erspürt unsre Dornen und Kronen,
behaucht, was wir nicht fassen – – –
– – – – – – – –
Ich rede von hier, wo wir wohnen,
Tier und Mensch, uns freuen und fronen,
geheim beredt
in unsern ältesten, sprachlosen
in sich selbst verborgenen Zonen.

Das Nachtgedicht

~~Die Landschaft auf dem Papier~~
Die schriftliche Landschaft ist nicht
die wirkliche Landschaft, ist mehr,
~~ge~~ gezeugt und geboren
in einem innenwirklichen Raum,
~~durchatmet~~ , und die im Schlaf durchatmet
vom Geist, freundlicher Licht, Traum.
Gleicht der realen Erinnerung, erinnert an sie,
~~vielleicht~~
übertrifft sie, untergräbt sie, lebt,
ein Gefild aus ~~vielen Welten~~, Visionen, Anschau-
ist ein Bild, sanft und wild, barkeit
unbegründet
in seiner Natürlichkeit;
ganz nah und weit ~~fort~~ weg
bleibt es bereit, in der Zeit
Welt zu werden, wie jene, die länger ~~die länger~~
als Ausgewählt bleibt,
Wohnlichkeit und Erdenzunst,
über eine Zeit hinaus, die lesen
~~Kunst~~
~~Und~~ ~~durch sich~~ dunkle Energie,
Auch sie ~~spricht~~ während ~~wie~~ sie spricht ~~[illegible]~~
~~[illegible]~~ weist sie auf sich ~~[illegible]~~
~~[illegible]~~
vor ~~[illegible] fassbaren~~ ein [illegible] der Nacht,
erspürt nur Dornen und Kronen,
belauscht, was wir nicht fassen – – –

Ich rede von hier, wo wir wohnen,
Tiefsinn, Kunst, von fernen und fremden,
geheim ~~[illegible]~~ bedeckt
in neuen ~~[illegible]~~ Sprachlosen
in sich selbst verborgenen Formen.

[An Georges Wenger]

Ich kann nicht mehr beten,
bin im Schlaf an mein eigenes Grab getreten.

Deine Bilder begleiten mich fort und fort,
bleiben Heimat. Noch sind sie ein Ort.

Kämpfte, in Schmerzen,
um dieses Gedicht.
Finde es nicht mehr,
trage es, unerinnert, im Herzen.
Manchmal, wie zwischen flackernden Schatten,
ein Wort, ein Bild,
Deine Stimme. Sie kommt von weit.
Was wir einst hatten,
es hat sich versteckt in Reimen.
Alles noch einmal,
winzig und zart,
anderer Art als die Welt. –

Die Winterfrau sagt:
Die frieren, sollen sich lieben,
zählt Eulen und Meisen, die ihr geblieben.

In Linien und Farben:
auch Deine Bilder. Schilder der Seele,
verstehe sie gut; sind Du:
Können und Wissen und Mut.
Ich lebe mit ihnen.
Kunst ist Herrschaft und Dienen.
Hab Dank, lieber Freund,

für Deine Bäume, unzerstörbaren Räume
in der Zeit, aus der wir kommen,
in die wir gehn; verschlossen die Türen;
aus Deinen Bildern führen
sie ein und aus
im innersten Haus. Was ist die Seele.
Wir lesen und schauen, können wenig verstehn
vom Werk; nur Hülle und Herz sehn…

Schreiben

In einem Wald, der kein End hat,
auf Selbstsuche. Wildern,
Schauen und Schildern,
Leben als Sprechen in Bildern.
Wo ist das Wort, wo Stift und Blatt?
Bei einem, der sich gefunden,
beim andern, der sich verloren hat?

Regression

Je mehr ich weiß,
fürchte zu wissen,
desto matter die Lust,
mich, durstig nach Leben wie einst,
zuzuwenden dem Unbekannten:
als wär da ein Wald, wo fast alle Pfade
im Dickicht von Dornen
und Dunkel enden.

Entwurf, durchgestrichen, Ersttitel »Abwendung«

Das Alter

Trübt deinen Blick auf Nahes und Fernes,
verstellt dir Gesichter, wirft Vokabeln durcheinander,
verstopft dein Ohr, dämpft
den Gesang der Vögel, doch nicht den Motorenlärm.
Immer stummer die Häuser der Meisen,
zuweilen ein Ton, weither,
aus nicht lokalisierbarer Richtung.
Der Donnerschlag, ja, der erreicht dich noch
und erschreckt, auch wenn du ihn hörst
als Echo der Schläge, die vormals
dich niederschlugen wie Hämmer.
Seltsam dieses Zucken und Wabern
von stummen Blitzen, Wetterleuchten genannt,
zwischen, über und hinter den Wolken,
geht dich nichts an, sind Blitze
eines andern Bezirks; an den arthritisch
verkrümmten Fingern
zählst du ab [die] Gewitterdistanz
300, 600 m, schon ist sie fern, die Entladung.
Doch täusche dich nicht,
wenn kein Halm sich regt,
kein Ton aus den Feldern herdringt,
Wald ein Totenhof ist,
wenn die Katzen schlafen und
die Vögel verstummt sind, schlägt der Blitz ein,
und das Flackerfeuer flämmert am Ableiter runter,
fährt ein in die Erde, ein Dämon.

Alter. Von Weisheit, sie wurde prophezeit
als Zuspruch und Tröstung, auch nicht die Spur,

anstelle Weisheit, lernst, mußt du erleiden eine eigene
Art von Torheit: Wörter vergessen, absacken
in Schlaf beim Essen, Lesen, nicht erinnern die
Namen der Dörfer, Flüsse, alter Bekannter, Freunde,
das Wetter von gestern –
und wie hieß er nur, der Baum
hinterm Haus, den du liebtest?
Bücher stehn so herum,
was sie erzählen, der Wind trug es fort,
mischte es unter die Wellen irgendwelcher Gewässer,
nachts dringt es zu dir, aus dir, unerinnert
Laute aus deiner Steinzeit.

Altsein ein Kreuz wie Giftkraut aus dem Boden schießend,
überall, allseit, dir zur Verwirrung,
du schluckst, schlenkerst, wackelst.

Kostbar ist eine alte Münze,
eine alte Chronik ist kostbar
und hochgeschätzt der Handhäkelkragen
wie auch die uralte eiserne Krone
eines Herrschers aus mythischer Zeit.

Wenig geschätzt, vielmehr lästig
ist der alte Mensch,
zumal wenn er krank ist,
ihn will niemand.
Mit seiner Entsorgung
sind Freund und Familie
Geruch, Gebein und Gekrös los
und den Stumm-Dialog mit dem Tod.

Strophen 1 und 2: Erstentwurf, mehrmals und stark überarbeitet,
Strophe 3 unsicher, Strophen 4 und 5: Zweitentwurf

Die tote Stunde

Zwischen vier und fünf gegen Morgen.
Im Gemüt bleiern der Vortag,
da ich mit Worten
zunicht gemacht wurde.
Vereist die Tränen
versiegeln den Blick.

Der Schwarzseherin
erscheint unter schwerem Gewölk
der böse Stern.
Chaotisch die Angst,
nicht mehr von dieser Erde zu sein,
Partikel eines Atoms
in einem zum Nichts zerfetzten,
Niemand zugehörigen Alles.

Erstentwurf, stark überarbeitet

Erdgeschichte

Erde, sie wurde
stündlich neu,
Erde, elbisch jung und moorsumpf-alt,
lavaglühend
und morgen tot-kalt.

Datei 2008

So wird der Tag

Ich gehe, lege mich hin.
Alles noch einmal, noch einmal –
die Krankheit ist immer im Recht.
So vergehen die Stunden, so wird der Tag,
den ich beschließen werde
in der irren Hoffnung,
morgen werde es besser, morgen

wenn der Schnee schmilzt,
die Krähen baumen
auf den triefenden Ästen
vor dem lastenden Himmel,
von dem keine Hilfe kommt.
Einst konnte ich beten;
andre tun es heute für mich.
Ob der Gott der astronomischen All-Welt
ein Ohr hat für menschliches Stammeln?

Leidend wird man zum Kind oder Tier,
verkriecht sich getröstet im Traum
von der Holle-Wiese, weist die Krähe,
Kopf, Schnabel, Körper,
stracks Richtung Morgenbrise.

Entwurf mit Charakter einer Reinschrift

Das Atmen der Horen

Daß man's erst jetzt hört,
das Atmen der Horen:
Wußtest du nicht,
daß du zum Sterben geboren!

Wußte ich wohl, doch fühlt' ich es nicht,
sah, was ich lebte, ergänzt
um Strahlen empor und zum Grund,
sah, was geheim abgründig glänzt;
verhöhnt und verheißen
von Mund zu Mund
war da die Kunde vom Todesflug
in ein außerzeitliches Überstehn.

Alles aus. Wie Kreide
von einer Schülertafel gewischt.
Fahlgrauer Schiefer, ein Stein in Scherben,
doch unverloren
Sprache und Schrift;
noch übe ich mich in Zeichen und Kerben,
höre Echo hauchen,
möchte Vogelsilben verstehn,
möchte nicht in die bessere Welt gehn,
bitte den Schmerz
um das Wort, das trifft.

Nemo

Glas

Es gibt den Glasberg, das gläserne Herz,
das Bäumlein, das gläserne Blätter wollte.
Lauter Märchen. Wahr ist der Liebesbecher,
wahr ist der Todeskelch. Beide aus un-
durchsichtigem Glas.

übernommen aus Datei 2009

Über alle Berge

Durch das Gitter gereicht der Krankheit
die Splitter verlorener Wörter.
Ergänze die Botschaft um das,
was du einst wußtest von mir.

Nie mehr werde ich ganz.
Reiche mir, Mutter, die Hand;
mir träumte, sie grinsen. Greifen
nach mir. Über alle Berge...
sagt einer; die Menschen nennen es
Totentanz.

übernommen aus Datei 2008

Am 36. Todestag meiner Mutter, 20. August 2008

Um 3 Uhr nachts stehe ich
auf der Schwelle zum Saal, wo die Mutter starb.
Das weiße Tier unterm Tisch
ist ein Mondfleck.
Ich trete näher. Das Mondreh
bleibt liegen. Nichts regt sich.
Trüb der Mondhof. Von Osten
ein Schwarm von Fischen,
fahren fern der Erde, kennen mich nicht,
wissen nichts
einer vom andern. Wandern
ohne Rückkehr am mondklaren
Himmel.

Aus ihren Tagwinkeln, Nachtnestern
kriechen die Kleinen und Kleinsten,
Flügler, Schleicher und Schwärmer
aus Oberons Schleppe,
nagen, sägen, sind unter sich,
zerstören und zeugen,
machen wahr das Wort
von Stirb und Werde, lauscht der Gast,
dem Mondtier gesellt,
das sich zu rühren scheint, holt er Atem,
in sich die Stimme
der toten Mutter.

Der Traum

Der in einem namenlosen Berg
gleich einem Tunnel
konisch sich verengende Schacht,
an dessen Ende ich das Lichtauge suche,
den möglichen Ausgang,
aber da ist kein Licht,
ist nur eine blinde Pupille, eine nachtgraue Scheibe,
immer weiter fort –
und dahinter
kein Ort.

Der Traum

Ich in einem namenlosen Berg
gleich einem Tunnel ~~[illegible]~~
~~[illegible]~~ [illegible] Schacht,
an dessen Ende ich das Licht ~~[illegible]~~ suche,
den möglichen Ausgang,
aber ~~da~~ ist kein Licht,
ist nur eine schmale Pupille, eine [illegible] Scheibe,
~~fort – nicht~~, immer weiter fort
und dahinter
kein Ort.

So wird der Tag

Ich gehe, ~~[illegible]~~, lege mich hin ...
Alles noch einmal, noch einmal –
die Krankheit hat immer ihr Recht,
So vergehen die Stunden, so wird der Tag,
~~[illegible]~~,
den ich beschließen werde
in der einen Hoffnung, ~~morgen~~,
morgen werde es besser, morgen
wenn der Schnee schmilzt,
die Krähen baumen
auf den triefenden ~~schwarzen~~ Ästen
vor dem lastenden Himmel,
von dem ~~[illegible]~~ keine Hilfe kommt.
Einst konnte ich helfen
andern kann er heute für mich
Ob der Gott der astronomischen All-Welt
ein Ohr hat für menschliches Stammeln?
Leidend wird man zum Hund oder Tier,
[illegible] gebückt ~~eine~~ Traum
[illegible]
Kopf, Schmerz, [illegible] Rötung, Morgenbrise,

Reizdarm

Zur bösen Stunde, nachts
zwischen zwei und drei, allein
in einer Kammer des alten Hauses.
In Winkeln wie in der stickigen Luft
das Grinsen von Masken, Grimassen,
die sind und nicht sind, mich hassen,
mich höhnen. Totenstille.
Zugleich ein Dröhnen in mir
wie von Hagelstürzen. Mich zu retten,
denk ich an Blut, Knochen, Leben –
Totengeister machen die Runde,
unheilbar bin ich erkrankt:
so die ärztliche Kunde. –
Im Sprossenfenster der Morgen,
ein Grauen mir, schaurig.
Wie es auch ist, das Leben,
das Leben ist traurig.

Verzweiflung

Wie in den Morgen kommen,
wenn gegen vier
der Tod mit zehrenden Schmerzen
aus den Sterbelöchern der Welt
mich überfällt?

Sommerzeitliche Morgenfrühe

Mit feinscharfem Sirren holen sie mich
aus dem Angsttraum der Fledermausstunde,
von der sie, unentwirrbar verstrickt,
selber ein Teil sind,
die Zehrer und Zünsler, Grubenvermesser,
Krabbler, zappelnde Tiergespenster,
passionierte Finsterlinge, Allerleigrau,
geschwänzt und behaart, namenlos, werken
mit Zangen und Hammerfuß, wetzen Krallen,
kratzen, schwärmen und schwirren,
Boten des Zwielichts, finden
das nächtliche Brot und das Schlafloch,
aus dem sie sich, Oberons Dämmerequipe,
fallen lassen in meine
am Bettrand entschlafene Hand.

Noch lebe ich. Spreize die Finger,
kann nicht erwachen, gebannt
in den Teufelskreis eines Traums:
Wie die laufen können,
die 13beinigen Spinnen,
im Totenhaus ihres Feingespinsts –
und woher die anonymen Schwarzschildkäfer
auf Rädchen? Am Vorhang drei dunkle Zelte,
Nachtfalter, scheintot; über dem Tagberg
ein Streifen Gelb, Morgenwüste, horizontal.
In der Dämmerung regt sich Geziefer.

Manche saugt der Nachtmahr zurück;
die blieben, tauchen in Ritzen ab –
schrecke ich hoch, erinnere, hellwach, es war
ein Sommernachtstraum. An der Fensterscheibe
gegen den Tagschein,
die Eintagsfliege, einsam, fragil.

Der Widersacher

Niemand kennt ihn von Angesicht.
Wie der Wicht im Lustspiel
schleicht er sich ein –
und du fällst,
hast Schmerzen am Bein und Blut im Gesicht,
bist gestolpert über den schiefen Erinnerungsstein.

Verpassen und Wagen, Schweigen und Sagen.
Nein, das wußtest du nicht,
daß der Mensch sowohl an der Wahrheit
wie an der Lüge zerbricht.

Den Kranken im Geist, der er, hat der Freund versichert,
in Wahrheit sei, spiele er, um ihn nicht
leben zu müssen. »Ich lebe im sekündlichen Wissen,
der Widersacher ist auf dem Plan,
überfällt mich rücklings –
sein Grinsen frontal,
klopft er mir auf die Schulter, eine Schalterfigur,
im Blick auf die Uhr
korrekt und kollegial.«

Dunkler Engel

Alle kennen ihn,
er hat viele Mienen und Stimmen,
niemand hat ihn gesehn,
die Ärzte nennen ihn Panik,
schlägt er rücklings um dich
das Rabengefieder, umfängt dich
mit stählernen Kielen in dunklen Spielen.

Wessen Flügelrauschen in sternloser Nacht?
Der Todeswind, sagte die Alte,
verschloß Fenster und Türen, wachte,
war ihr, die Nacht aus, schlief wachend,
fand sich, keines Traumes bewußt,
in der Frühdüsternis
mutterseelenallein mit dem Satz,
mit dem sie hochgeschreckt war
auf einer vergessenen Insel.

»Sie haben mein Kind
aus der Wiege genommen.«
Acht Worte; sie zählte, versuchte
zählend auf Grund zu kommen –
bis sie, nach außerirdischer Zeit,
augen- und handnah Dinge erkannte,
die ihr noch leben halfen:
Nähkorb, Faden und Glas
und im Glas drei Gräser,
zu blühen bereit.

Reime der Todesangst

Die draußen stehn
in der frostfahlen Nacht,
schaun in die dunklen Scheiben:
Da war doch jemand beim Schreiben,
war doch nachtlang ein Licht?

Närrin. Bäume können nicht sehn?
Bäume, denkst du, sehn gut, erstarken
ihre Zweige zu Spendern
von Blumen, Blättern und Schatten.

Blumen leuchten mit Eigenlicht,
indes die Schwelle ins Haus zerbricht,
für immer erlosch mein Gesicht.

Strauchelnd an den eigenen Rändern,
verliere ich Wörter, Inbild und Mut.
Die Bäume strahlen, die Wolke ruht;
den tonlosen Schrei auf der Treppe hören,
verdorrt die Räume,
die mich vor mir selbst
geborgen hatten.

 Reinschrift mit Ausnahme der letzten, später angefügten Strophe

Angst, 21 Zeilen

Angst, unsre Mitgeburt,
da uns graut, aus dem warmen,
dunkelbergenden Leib
ausgestoßen,
vom nährenden Brunnen verbannt,
ausgesetzt zu werden
in Blendung und Kälte.

Wie verwandelt sich
Angst in Zutraun, Vertrauen?
Abhängigkeit in Hingebung?
Wie, Mutter! Kind! findet
das Aug sich ins welt-
entblößende Licht,
tastet nacktes Da-Sein nach Leben,
spürt Leben Liebe, sehnt liebend sich,
streift dich Glück, die Seele in Schauern
ins Dunkel zurück?

Wie sonst ertrügen wir, unbegreifend,
so selig wie bang,
lebenslang Kinder
des Todes zu sein?

Faxkopie Reinschrift, signiert

Der Begleiter

Vor der Haustür
hat er auf mich gewartet,
mein Schulweg-Gefährte,
gepfiffen hat er, wie der Vater pfiff,
wenn ihn beim Spargelstechen
nach einer Flasche Bier verlangte. –

Gleich fiel er mich an, Nemo, der Wind,
griff unter den Mantel,
zerrte an der Schärpe,
wischte mir die Kapuze vom Kopf,
warf sich gegen Brust, Stirne, Mund,
hauchte in einem Kuß
bis ins Geblüt und Gebein
Leben und Tod ein.

Ich wurde alt, du bliebest jung,
fliegst vorbei am geschlossenen Fenster,
hör ich dich flüstern, winkst du mit Zweigen,
bist du unsichtbar, lehrst du
lauschen und schweigen.

Bald werd ich schlafen,
Wiegenlied Wind, bald
bist du nur ein Durchzug im Spind,
wenn die Frau, die ich war,
über verloren geglaubten Briefen,
mürben Papieren sinnt.

Das Erlöschen

Die rotgoldne Flamme
verkümmert zum blauen Flämmchen.
Das Flämmchen flackert,
geht in der Windstille in sich,
ist ein bebender Punkt
im erstickten Dunkel,
farbloser Endpunkt, dröhnende Stille.
Wer hört schon ein Herz, das schreit.
Die es erreicht, behorchen das eigne,
als wär es ein fremdes.
Gott ist präsent in treuer Absenz.

Dunkle Energie,
Schwarzherz Leben.
Weiße Flammen fliegen mich an.

Letzte Stunde

Vielleicht liegst du allein
in einer der Kammern
für Moribunde
im Todesschweiß und eiskalt,
vielleicht geleitet dich
eine der Frauen,
die man einst Schwester
nennen durfte,
ins Labyrinth der Stollen
zur großen Nacht,
einst, da, schimmerndes Gold, Erz in Engelsgestalten,
das Tor strahlte,
liegst verdurstend, sprachlos, keiner Silbe mehr mächtig,
ein Zwischenwesen des Grauens,
Staub zu Staub,
röchelst, erlöschend Funke um Funke
wie ein Feuer im erkaltenden Ofen
nachts zwischen halb zwei und drei,
wenn der Himmel
in eisiger Nacht
brennt von Sternen
und kein Gewölk
dich schützt vor der Blendung
des, sagen sie, Ewigen Lichts.

Herbstlicher Gast

So still so still die Novembernacht,
daß ich den Ödwind
um meine Bettstatt
tasten höre.
Die Kleider behaucht er,
streift Schuhe und Mützen –
Das alles, sagt er,
brauchst du jetzt nicht mehr,
packt das Zeug in den Sack.
Den Sack geschultert
geht er ab durch die Wand –
Noch halt ich mich fest
am Taschentuch
(nach innen rinnen die Tränen),
erkenne trockenen Augs
mein Zimmer diesseits
des traurigen Traums,
den zu vergessen,
ich mich erinnere
schriftlich.

Ernst Halter
Schattenzone

Nach dem Gewitter die Sonne Totenstern,
bricht aus den Wolken,
loht, schwebt,
berührt die Erde, zerfällt
zu Glut, glimmt aus, bis die Nacht
sich dem Tag aufs Gesicht legt.

Rückzugsgefechte der Blitze
über den atmenden Bäumen,
den sterblichen, mächtigsten Träumen der Erde,
gelöscht die Hitze,
und Stille flutet zurück. –

Entleert die Augen, ausgebrannt
zur Finsternis deiner Absenz,
ein Tag kehrt dir nie mehr zurück.
Kein Wort blieb bei dir, keine Blume
noch dein Gesicht als Erinnerung
an den großen Versuch zu leben.

10. 7. 2010

Gewitter und Meute der Winde,
die Tage blenden mit Blust,
am Stockschirm tastest du dich
Schritt vor Schritt den Garten hinab,
umklammernd die letzten Tulpen,
den Blick durch die Schuhe auf Kind und Grab,
und ob den kargen Worten »sieh«, »ach, laß«
kommt uns die Sprache abhanden,
wächst das Ungesagte die Stimme zu.

10. 5. 2010

Daß niemand sie sieht
im Abwaschtrog und Katzenteller,
ein Überfall, ein Schmerzglück,
sie tropfen für dich und für mich
und täuschen sich nicht.
Wie salzig wir sind –
wir tragen das Meer mit uns.
Laß sie rinnen, bis die Augen
leer sind für einen Blick ins Leere.

10. 5. 2010

Stunde der Wahrheit

Was ist die Stunde?
Dämmerung.
Er rüttelt Asche durch den Feuerrost,
die Hände klamm.
Da steht das Henkelglas,
aus dem sie trank als Kind,
und drüben ein Paar abgetretene Schuh',
sie trug sie den Sommer lang.
Das war's. War's das?
Die Zeit pickt Sand.

Wie klein und blaß sie schlief,
gekrümmt um ihre Schmerzgeschwulst,
im Berg der Kissen unter Sauerstoff,
mit Morphium.
Für immer? Niemand weiß. Ach laß.
Nun traut er keinem Wort,
denn jedes spricht,
sobald im Schrei ihr Mund zerbricht,
mit hohlem Schall.

Vom Winterfenster durch den schwarzen
Lindenbaum sieht er mit ihrem Blick
den Nebelstrom im Tal, den See im Moor,
die Berge Glas und Scherben:
Mutterinsel, Vaterkontinent.
Gib *einen* Tag im Ahnenhaus
mit weitem Horizont und klarem Land!
Wer gibt? Wer nimmt?
Verboten sei das Nie.

Er räumt den Teller weg, die Tasse, ihr Besteck,
als wäre sie gestern tot.
Wie hat sie gern gelebt
als Strahl und Spiegel, eigensüchtig zugewandt,
und sieben Schränke Kleider.
Nur das letzte fehlt.
Nun irrt und klagt sie,
wo sie Jüngeren Stimme gab und Hände bot,
und niemand führt ihr die Hand.

Die Morgenflammen schlagen durchs Gewölk.
Er schaudert: Eis und Licht –
und dreht sich weg zur Pflicht.
Die Zeit mahlt Sand.

9. 12. 2009

Die Gegenstände schweigen,
die Luft steht.
Sie haben immer geschwiegen,
ich höre sie erst, seit du fern bist.
Der Tag blendet, die Umrisse schwanken,
ich habe den grauen Star,
die Fenster sind Gitter.

Ich steige die Treppen hoch in dein Zimmer,
suche den Kinderatem deines Schlafs,
die Stille klafft vor jedem Schritt
und schließt sich im Rücken zur Mauer.
Kein Widerhall erinnert,
die Dinge versagen den Blick,
ich finde den Schlaf nicht.
Hermetische Trauer.

15. 11. 2009

Tagen, Nachten

Nebelgefangen im frühen Jahr.
Ich schüre die Kohlenglut,
du sollst nicht frieren,
kehrtest du heute nach Haus.
Du wartest, ich warte.
Durch weiße Krallenkälte
pfeift der schwarze Milan: Nie! Nie!
Der Fuchs schnürt durchs Reifgebüsch,
Lärchenkronen im Winterbast –
doch im Geäst rollt eine Münze Blau.

Die Sonnenfeuer vereisen
zur Zeit des Gedenkens beim Tee:
deine Tiere im Wolkenbuch,
Fische, Schafe, Chimären,
meine Clowns in den Tannen.
Nebel flutet das Moor,
kriecht den Hügel herauf.
Wachst du? Schläfst du?
Ich mache uns Licht.
Ein Schacht ist die Nacht.

19. 1. 2010

Die Glocken im Turm schlagen acht
durch die vibrierende Nacht,
ich liege und warte.
Die Lebenden müssen sich richten
nach den drängenden Pflichten,
und ich lerne Geduld.

Könnt ich dir schreiben
sieben Worte der Liebe nur,
die Lettern stolpern über die eigenen Beine,
der Sinn verliert sich auf finsterer Spur.

Mich quälen und narren Reime,
schallen irgendwoher.
Sind ertrunkene Bäume
in einem steigenden Meer.

Verbannt, erloschen, vergessen,
muß ich trinken und essen
und häufen Jahr auf Jahr.
Sie säubern mich, waschen mich, betten mich,
ich bin mein eigenes Kind.
Wüßte nur eine, wer ich war.

25. 12. 2009

Dreitausend Stunden wartest du
vom Tagesgrauen bis zur Dämmerung
allein mit dir im Sterbehaus,
du harrst die Ängste aus,
bis eine Schwester kommt,
dich aus den Schmerzen umzubetten.
Du skizzierst die grobe Pflegerin,
suchst Papier, Bleistift, Tabletten
und wanderst auf der Spur
der fernen Sonnen deiner Kindheit
zurück die Jahre.
Unsre Mütter sitzen
vertraut beisammen unter Apfelbäumen.
So schreckst du auf in Hoffnungsfrei,
und dir ist kalt und alt,
der dunkle Geiger wacht am Bett,
du lieferst ihm
mit Wort und Reim dein letztes Spiel.
Fällt die Nacht, er weicht, und ich
betrete zögernd dein Exil.

10. 5. 2010

Gott ist ein dunkler Punkt,
wär er ein Stern,
ich seh ihn nicht.
Was kann ich ihm bedeuten?
Laß du mich, Liebster, nicht allein.
Gibt es das Nichts?
Ich muß es wissen,
die schwerste Stunde kommt.
Sind wir ein Wellenschlag,
ein Funkenwurf durch finstern Raum
von hier zu den Plejaden?

Ich möchte Schnee,
ein weißes, letztes Meer,
und fern am Horizont
der Brand der Küsten, wo ich einst gelebt.
Dann laß mich schlafen.

17. 2. 2010

Du Vogel Schlaf,
schlag sie in deine Flügel,
trage sie weg von Medikament und Matratze,
aus den Fesseln schlage sie,
schließ ihr dein dunkles Tor auf,
nimm sie an der Hand.
Führe sie einen letzten Wintertag lang,
Schnee im Haar und Nacht,
durch dein grenzenloses Land.

31. 12. 2009

Die Knie knicken ein,
ich strenge mich bitter an,
die Finger klamm und steif die Hände,
du Liebster der Langenzeit,
ich quäle mich durch die Gegenstände –
und ihr verlangt von mir,
ich müsse tapfer sein.

25. 12. 2009

Marie Grubbe

Deine Horizonte:
Apfelbäume, kühl
leuchtend der steigenden Nacht.
Das Nordwestland der Sonnen,
die Wohnung der Toten.
Zehrte dir jenen die Krankheit auf,
warf sich dieser ins Dunkel.
Stimmen stellen dir nach,
je einsamer du,
Schatten stürzen um dich wie Menschen.
Die letzte Wiese im Mohn,
ans Blau gelehnt,
darüber streicht noch einmal und
durch Strohhut und Spitzen dir
der rote Wind.

Nun wider Willen in der Altenremise,
gegen die runtergewaschene Wand
du im Rollstuhl
löffelnd Scham und Erniedrigung,
Marie Grubbe.

22. 8. 2010

Zur Seite gesunken im Bett des Exils,
Worte hustend –
in Glas und Schal
wischen die fast schon blinden Hände
den Schleim vom Mund.
Die Augen irren.
Wer wartet auf dich
im Dämmer zwischen Blumen und Wand?
Dich umarmen – ich wage es nicht.
Dir brennen die Knochen unter der Haut.

Wie trat er zu dir?
Mit der Maske und Majestät
deines Gesichts von drüben?

22. 4. 2010

Ich hüte deinen Atem,
ich rufe den Namen.
Hörst du mich noch?
Ich wache, nicke ein, schrecke auf,
zähle den Herzschlag.
Ich seh dich am ersten Tag
in der Strahlung des längsten Abends.
Nun liegst du eingekrümmt
in der letzten Nacht.
Unsre Hinfälligkeit – du,
unsre Liebe – du,
unsre Schönheit und Trauer – du.
Ich bin belehrt, was das heißt:
Mensch:
Ein grenzenloser Punkt,
wenn er hindurchtritt.

12. 4. 2010

Nicht der Arm um dich,
nicht deine Hand in der meinen,
die Wange an der Wange –
du wanderst,
suchst deinen Weg
aus Angst und Morphin
durch Grund und Abgrund.
Wär ich das Schnupftuch,
der blaue Stein, den du umklammerst,
mit dem dich die Erde noch festhält.

12. 4. 2010

Hiatus

Husten, Hecheln,
feuchte Knochenhand,
die Augen blinde Spalten,
doch das Herz schlägt fort
im Monitor die Zeit.
Vom Fenster Mittagslicht, Geläut,
im Baum ein Vogelpaar.
Was war im Raum? Was ist?
Dein Kopf geknickt, du bist
vorbei,
und nicht ein Sterbenswort,
wie alles endet
und wohin.

Dein Körper ein Relikt
vor mir und vor der blanken Mauer
Schweigen, daran die Tränen rinnen.
Nun bist du
was sich nie zu Ende denkt:
Ob Dauer,
ob ein Irgendwo.
An eine Leiche heftet sich die Trauer.

24. 5. 2010

Wie gestorben wird, erläutern sie gern
mit der Engelsgeduld für Behinderte.
Sie beten ihr Wissen ab,
daß alles war und ist und sein wird wie prognostiziert:
Das Stocken des Atems,
der Stillstand des Herzens,
wann die Leber, das Hirn aufgibt,
die Augen sich trüben.
Ausnahmslos wirkt das Gesetz der Natur:
Nun sinkt die Körperwärme auf Raumtemperatur,
ein letzter Fieberschub: die Verwesung,
Bakterienflora ist Neubeginn.
Ihr Trost ist zweifellos.
Und wenn ein Beben eine Stadt verschlingt,
erklärt sich's an den Fingern der linken Hand.

Einer wirft sich über den Leib,
der Leben war und Tod ist.

1. 5. 2010

Du am Tisch mit mir für diese Stunde –
deine hiesige Ewigkeit.
Ich esse und trinke der Nacht zu.
Quält dich deine Absenz?
Tut meine Stimme dir weh?
Wie bist du verschollen.
Und ich muß warten, wo wir uns berührt.
Am Sarg auf deinen kalten Lippen
hab ich ein Mal, zwei Mal
ans ewige Leben geglaubt.

24. 4. 2010

Deine Hinterlassenschaft –
Kleider Stiefel Mützen Bleistift Buch.
Wohin?
Du staust das Treppenhaus und sperrst
mit deiner Absenz die Türen.
Und von jedem Ort und Stunde,
da es dir zärtlich war und du:
Der schwarz und weiße Mantel
im Winter meiner neuen Schlittschuh'.
Dein Ruf vom Ufer: Komm!
bereifter Pelz und blondes Haar,
gespreizt die schwarzen Flügel.
Zwei Kinder lachten Mund auf Mund.

Nebelstille –
Rauch –
ein Haar.
Der Tod.

26. 4. 2010

Was wir überleben –
was dich überlebt:
Die Dinge, die dir in den Händen lagen,
schlafen fort
und dienen schlafend andern,
die Geliebte trägt dein schönstes Kleid.
Es folgt auf ihrem Körper
dem Atem und der Stimme,
solang die Jahre ziehn.

Dir bleibt die Schrift,
die Bücher, jede Letter
der vom Kind des Todes mühsam
mit zerbrochenen Worten
vollgemalten Blätter
aus der Grube des Exils.
Und dich erinnern wirre
Spuren durch meine Nebelkammer,
deine ausgebrannte Strahlung.

4. 5. 2010

Im letzten Jahr die kleinen Wünsche:
Nach dem Tee, um sechs,
langsam Arm in Arm ein Gartengang,
Himmelsglocke, Holderduft,
die Ewigkeit des blitzenden Falters,
einen Tulpenstrauß zu pflücken,
Stengel um Stengel mit kräftigem Knick,
und *lilies without, roses within,*
wie in der Klage von Marvell.
Modekataloge und abends Föhngetier,
im Tagesgrauen Umriß und Ruf
des Botenvogels.
Bleistift und Schreibblock,
das Wort durch die Wände,
Berichte vom schweigenden Grund.
Eine Cashmere-Jacke,
der goldene Opernschal
und nachts die Bettschuh',
die mit dir verbrannt sind.

24. 4. 2010

Nicht hinzureichen –
das Gesetz für Hinterbliebene.
Die Toten sind uns voraus,
wir haben das Nachsehn
Richtung Himmel, Schlaf oder Nichts.
Der Tod hat sie geadelt.
Ihre Ruhe außer Zeit.
Sie müssen nichts;
wir alles.
Sie schauen mit weiten Augen
unbekannte Strahlung aus dem All.
Und wir hämmern die Hände
blind und blutig
an einem klaren Kristall.

30. 4. 2010

Bei leerem Mond gebettet hab ich dich
Kissen unter Kissen,
den gesunkenen Kopf gerichtet,
dich warm geküßt,
gekühlt geküßt,
der Unterschied ist 30 Grad –
das Leben.
Jeder – keiner weiß.
Gott ohne Menschen – totes Wort,
ein Irrtum seiner Schöpfung. –
Schnee heut nacht? Nicht Schnee:
Der Mond ist voll.

25. 4. 2010

***Nach dir* bin ich**
derselbe und ein anderer.
Mir ist, ich sei mit dir
durchs Feuer.
Ich?
Nur du bist Asche ohne Auferstehung hier,
ich bin noch ganz,
das Körnchen Kind, der Leichtsinn,
ist verbrannt.

In deinem Hinterland
war ich nur blinder Gast
du sahst mich wohl,
ich sah dich nicht,
nichts gab es zu berühren,
ich hörte keine Schritte,
fand nicht die Spur im Sand
und stieg zurück ins Licht.
Ich lebe.

3. 5. 2010

Ich taste nach dem Ärmel deines Todeshemds,
den Sterbenden gibt man das Ihre wieder.
Die Blumenspitze hat dein Handgelenk gefaßt,
darin versenkt den Puls,
ein Trommelschlag vom Horizont,
der wich mit jeder Stunde.

Stoff in der Hand, kein Widerstand,
ein Herzschlag nur.
Ich bitte dich um Schlaf.

7. 5. 2010

»Liebster, geh nicht fort, ich bitte dich.
Nicht fort!«, zum zweiten, dritten Mal.
Ich schlug die Tür und floh
aus Vorwurf, Qual und Klage,
meinen Tränen der Verstörung.
Die Straßen waren Eis und finster,
Schatten der Jahrzehnte,
zu Haus gefroren Brot und Wein.

Signalgelb steht der Raps in kalter Blüte,
die Sonne brennt die Bilder ein.
In meinen zucken deine Kinderhände:
»Nicht fort, ich bitte dich.«
Ich bin geflohen.
Stumm die Wände,
ich hole Stund' um Stunde nach
mit mir allein.

8. 5. 2010

Todeszone

Unbescheiden warst du, wolltest
ein liebes Herz für dich allein,
sie teilten ihre Herzen
unter siebzig hübsch Bescheidene –
Geschenke gabst du,
ihnen schienen sie Bestechung –
sie schoben dir den vollen Teller hin
mitsamt dem guten Appetit,
du hattest keinen, suchtest
nach Augen, die dich ansahn –
aus der Küche, von der Straße
brachen ihre Stimmen bei dir ein,
du stammeltest –
die Pflichten liefen Tag und Nacht vor ihnen her,
du hattest eine – ungewisser Frist.
Für sie war Tod ein Durchschnittswert
wie Grippe,
du hofftest auf die letzte Spur des Lichts.
Ich kam und ging und schrieb die Tränen weg.
Ich sagte nichts.

4. 6. 2010

Dein finales, tausenderstes Bild
auf einem Blister,
drin rasseln die Tabletten für die letzte
deiner neunzehn Wochen
in jener Sterbeanstalt,
morgens zwei und abends eine,
das Fenster ›Montag 7–9‹
ist ausgebrochen.
Der Anruf, wo dich sterben lassen,
kam Nachmittag halb vier.

Schreck und Lachen verzerrt dein Gesicht,
unscharf, null Kontrast, die Augen Knöpfe,
selbst der rote Schal,
dein Schutz und Trost: Geschmier.
Kissen stützen dich,
die rechte Hand zückt einen Bleistift,
letzte Waffe
zur Abwehr solcher Zumutung.

Ein Fahndungsbild auf Zimmer zweinullvier,
damit du nicht verwechselt wurdest
mit einer Irren.

9. 5. 2010

Erschöpft deine Zukunft,
mir wird sie gestundet,
und Tag für Tag muß ich mit dir
den Weg der Nacht.
Ich bin zu flüchtig –
Schwerkraft kennt kein Licht.
Ich büße die letzten Bilder ab,
nie warst du so bei dir
wie im Gehäus der Qual.
Ins Land Für-Immer oder -Nie.
bin ich dir nicht gefolgt.
Heut blüht der erste Mohn.

16. 5. 2010

Glockenblumen,
schlanke Türme Blau,
haben am Waldrand
sich in die Sonne gelehnt –
und ich bin umgekehrt.
Gebrochen hab ich sie für dich,
der Schlafenden ans Bett gebracht.
Du schlugst die Augen auf.
Noch hör ich deine Freude.
Wie Tag bist du, wie Nacht um mich –
die sind nicht für die Hände,
doch tief in mir.

19. 6. 2010

Zum ersten Neumond nach deinem Todesmond
tritt das Land, darin wir umgehn,
aus Tag und Nacht von Zeit und Leid
unter das ältere Licht.
Viel Schicksal hast du mir gebracht –
und war doch gestern Kind.
Wie leicht du wiegst auf meiner Hand.
Stare besetzen die Bäume,
der Weißdorn blüht über dir,
das Haus teilt die Wolken.
Du schläfst in mir.

14. 5. 2010

Du vom Feuer verzehrt,
mir bleibt der Hunger treu.
Dein Lächeln im Ganges ertrunken,
ein Schimmer, ein Schatten, nichts.
Und mich trägt das Leben.
Mir kommt unsre Zeit zurück,
das unerklärliche Licht,
wenn eins in der Nacht für das andre
flüsternd die Kindheit der Wünsche,
Blumen und Burgen, erfand.
Schwalbenschwärme fischen den Himmel leer.
Weißt du noch mehr? –
»Vermauert sind wir,
zirpen und schwirren,
Vögel ohne Flug.« –
Tränen –
und nichts begreif ich.

1. 8. 2010

Dein Pullover im Nordwind
schlenkert die Ärmel,
schwingt die Taille,
schüttelt seinen Kragen.
Du kommst. Du kehrst zurück!
Ich schrecke aus dem Wachen,
ein Schritt zur Seite, und der Blick
streicht durch die toten Wälder,
Stamm für Stamm gewachsen
aus unsern abgelaufenen Tagen.

6. 9. 2010

Nun steigt vor seinen Schritten
ein Fremder unsichtbar
hallend die leeren Treppen hinab.
Nun befragen die Sätze im Kopf
das Schweigen nach Liebe und Schuld.
Die eigene Stimme hört er,
spricht er aufs Band:
Bin bald zurück von der Reise.
Habt bitte Geduld.

Nun erkundet er neu Schränke und Zimmer,
betrachtet verwundert die Finger.
Nun strahlt sein Leid von Leben und Mut,
und trauert er um die Trauer.
So schreibt er sich fort und voran,
fährt durch die Nacht zu der Einen,
umarmt ihr weißes Geschenk,
taucht und schwimmt weiter die Restzeit hinab.
Noch ankert kein Ort ihn in der Flut.

14. 6. 2010

Noch immer Schnee und Sonne,
Sturm- und Regenhaus,
doch leer der Horizont,
wo du dich umgedreht hast und getrennt
das Heut' vom Morgen. Rings
erstreckt sich Landschaft in der Trauer
eines Traums von irgend-nirgendwo,
kein Tagesgrauen, keine Dämmerung,
Gestöber verstörter Schatten.
Im Fenster deiner Frühe stauen
sich Wolken rot wie Kindheit.
Zugewachsen sind die Abendhügel,
ich gehe sie schwarz und allein,
ich lerne zärtlicher die Alltagsworte
Zimmer Lampe Wein,
und übe die Berührung einer Frau,
als wären Arme Flügel.
Sei's versucht.

3. 5. 2010

Der Fremde

Stundenschläge einer Turmuhr,
Treppe, Tor, ein Licht,
im Licht ein weißer Blütenzweig,
ein Haus, ein Block vor braunem Stadtrauch,
der Giebel jagt Gewölk,
die Fenster Augen jener Blinden,
die einmal sehend waren:
blank und Nacht.
Wie heißt der Ort?
Er lehnt sich ans Geländer.
Wo ist die Straße abgezweigt
nach dieser Einsamkeit?

Hat nicht *sie* in Zeiten hier gelebt?
Stieg er nicht mit Kinderschritten
die Stufen Stein empor und sah sie an?
Fließt nicht irgendwo am Hügelhang
ihr scheuer Schatten hoch
und bringt ihm, was er nie gesucht?
Daß er hier im Dunkeln warten muß
vor Vater Schacht und Mutter Grotte,
ihrer roten Liebeskammer:
der Letzte dieses Hauses,
Fremdling wieder.
Kam von fern – und alles fällt ihm zu.

20. 5. 2010

Zur Ikone mutierst du
wider Wissen und Fakt.
Deine Ausstaffierung einer
wundertätigen Madonna,
das Allerleirauh für Nobile und Nansen,
die Schals von Emma Bovary,
die Fotoalben einer Grace und Liz –
deine Geschenke an die Bedürftigen:

Das alles brauchst du jetzt nicht mehr.
Du Prinzessin auf der Erbse,
hergeweht vom schwarzen Sonnenwind,
bist abgestiegen in die Aschenurne.
Dein Erscheinen blutet die Träume rot.
Ich blicke dir nach durch die Zeit
und zeige dich niemand.

29. 8. 2010

Wesenloses Licht.
Auf den Abend hoff ich,
warte auf die Stunde,
da du als meine Stimme
mir durch die Stille der Gedanken wanderst
und aus der Asche sprichst:
»Erinnere die Klage,
sie quillt aus jedem Lebendigen
in alle Zukunft und
seit dem Beginn der Tage.«

15. 8. 2010

Die Rückkehr

Mehr nicht als eine Flucht
vor deinem weißen Schatten in der Nacht
liegt hinter mir.
Nun steh ich wieder, wo ich ging,
erstaunt im Herbst.
Kastanien und Mais sind blond geworden,
die Kirschen kahl,
in jedem Spinnennetz die abgegriffnen
Groschen der Robinien.
Vom Hirtenfeuer, wo wir saßen
hoch am Berg, steigt Rauch.
Du blickst
zum ersten Mal seit deinem Tod
durch meine Augen ins Novembergrau:
Wie kurz der Tag.
Wie lang erschien er uns in jenen fernen
April und Mai und Julius.
Das Haus schweigt fort,
im Erdgeschoß klappt eine Tür.
Wer da? Der Wind? Ein Tier?
Der Namenlos.
Und quer durch unser Warten,
drüben, hier,
streicht kalt die blanke Zeit
und brennt wie nichts.

17. 10. 2010

Ein Bleistift unterm Tisch,
vom Wortwerk stumpf,
ein alter Durchschlag in Maschinenschrift,
dein roter Kamm,
die Kissen Todesangst.
Die Sonne vor dem Untergang,
im schwarzen Laub dein Schattenriß.
Ich schau dem Flügelschlag der Krähen nach,
vom müden Ackerland zum Fluß,
das Wasser zieht und flieht
durch seine Spiegelung.
Der Tag wird ungewiß,
der Wind weicht vor der Dämmerung.
Streulicht und Aschendrift.

28. 10. 2010

Zero

Der Tag ist der Tag
ungelebt
und schlaflos die Nacht.
Ein Wort ist ein Wort
ungesagt
und sprachlos das Schweigen.
Karotten sind Kartoffeln sind Kalbfleisch
ungekocht,
sinnlos zu fasten.
Der Tod ist der Tod
ist der Tod
untrainiert
wie die Geburt.
Ein roter Punkt
zwischen Rippe fünf und sechs,
links wo das Herz
auf die Finger schlägt.
Ungesühnt ist Eingang ist Ausgang.

29. 12. 2007

Gesagt ist's,
und nichts gesagt,
Worte bleiben Worte.
Mich trifft die erinnerte Stimme,
nicht von hier,
Nachhall und Nachruf
tief aus dem letzten Jahrhundert,
als du dunkel
strahlend vor meine Welt tratst:
»Liebster, dein ist der Weg.
Mein bleibt die Zeit.«

24. 6. 2010

→ Anmerkungen und Kommentare zu den Gedichten von Erika Burkart von Ernst Halter

Wind Titel in der Handschrift: »Wind 1«.

Auge in Auge Strophe 3, Zeile 5: Ein an »Kummer« anschließendes »und« blieb stehen. | Strophe 4, Zeile 1: Über »Hügel« steht als zweite Möglichkeit »Weiher« geschrieben.

Einschneien abends Strophe 2, Zeile 5: Ich habe mich für die ausgestrichene, vorletzte Fassung entschieden; die Endfassung ist unvollständig: »im Heckengestrüpp löscht sein Gesicht, / Wispern (Eissplitterklirren)«. | Strophe 3, Zeile 5: Bei »in« ebenfalls stehengeblieben ist: »auf«.

Ende Oktober Nach Strophe 4 wurde eine Strophe 5 nach einem letzten Gespräch mit Erika gestrichen: »Oma spielt mit den Enkeln, / packt zu als Katze, mimt die pfiffige Maus, / wird erwischt«. | Strophe 5: Vor der letzten Zeile ein provisorisches Notat: »Kühle; Verklärung, holen dich über«; der Text der letzten Strophe ist so stark überarbeitet, daß die beabsichtigte Abfolge der Verszeilen nicht mehr festzustellen ist. Ich habe mich für die wahrscheinlichste Variante entschieden.

[Herbstblätter] Titel von mir. Wahrscheinlich das letzte, bis fast zum Schluß kohärent notierte Gedicht. Datum mit Sicherheit November 2009, da der frühe Wintereinbruch erwähnt wird. | Strophe 6, Zeile 1, »schaut«: Konjektur. | Strophe 6, Zeile 1, »[nannte]«: Ergänzt. | Strophe 7, Zeile 3, »streifen«: Konjektur, da in der Zeile darüber, durchgestrichen, »streifen«. | Strophe 7, Zeile 4: In der Handschrift steht vor »wurde«, nicht mehr durchgestrichen, »wars«.

Schnee-Musik Ich behalte das Gedicht bei, da es selbständig neben »Eine Musik, genannt Schnee« steht.

Im Gegenlicht Entstanden im März 2009.

Der letzte Frühling Entstanden im Frühjahr 2009.

Existenz Zeile 6, »Schleier«: Konjektur; nach der Anzahl der Abstriche »Schein« oder »Scheier«, Schlußbuchstabe eindeutig ein »r«.

Verlorene Wörter Schrift wie Erinnerung datieren das Gedicht auf Oktober 2009, während Erikas letztem Aufenthalt im Kapf: Damals fragte sie mich nach der Bedeutung des Wortes »Munderloh« (Zeile 21). | Zeile 22: Die Handschrift bezeugt den Wechsel in die erste Person, indem »dir« des Entwurfs energisch mit »mir« überschrieben wird.

Das Nachtgedicht Das zweitletzte Gedicht im Konvolut, unfertig, durchsetzt von End- und Binnenreimen, energisch überarbeitet; Oktober / November 2009. | Zeile 20, »wen«: Konjektur.

[An Georges Wenger] Titel von mir. | Gedichtbrief an den Maler und Radierer Georges Wenger, der einen Ausstellungskatalog seiner blauen Bilder geschickt hatte; von Reimsequenzen durchsetzte Klage. Anfang und Schluß des Briefs lauten: »Kapf, Okt.–Nov. 2009 Lieber Georges, ich schaffe die Treppen nicht mehr, bin seit Monaten nicht mehr draußen gewesen. – Sehe ich das Blau durch die Scheiben, weiß ich, weshalb Du Blau malst. [...] Liebevolles Gedenken. Dank. Erika.« Wir unterhielten uns beim Tee über das Gedicht; Erika bat mich, als Kommentar anzufügen, was sich im Gespräch geklärt hatte: »Das ›normale‹ Bewußtsein unsres Hier und Jetzt ist eine maximale Hirnleistung. In krankhaften / psychotischen Zwischenzuständen wird deren Struktur durchlöchert und aufgelöst.«

Das Alter Strophe 1, Zeile 18, »[die]«: Ergänzt. | Strophe 2, Zeile 14: Vermutlich der ursprüngliche Gedichtschluß. Die folgenden Strophen 3–5 sind, nach der Schrift zu schließen, ein späterer Zusatz. | Strophe 3, Zeile 3, »schlenkerst«: Konjektur.

Die tote Stunde Unten auf dem Blatt die Bemerkung: »Obiges wird im Bulletin des Arztes vermerkt unter ›Panik‹. 7. Oktober zweitausendundacht«; also wohl nach einem Gespräch mit dem Arzt geschrieben.

Am 36. Todestag meiner Mutter, 20. August 2008 Oben links neben Titel und Streichungen Zusatznotiz, nicht unterzubringen, bezieht sich auf den Mond: »der Erglühte, / der Kalte, / fremde Vertraute«.

Der Widersacher Vermutlich geschrieben nach einem ersten Sturz im September 2009; in der 3. Strophe spricht Hermann Burger.

Dunkler Engel Strophe 3, Zeile 2: Erika erzählte mir von der Traumstimme etwa im September 2009.

Das Erlöschen Strophe 1, Zeile 7: Als Variante an den Rand notiert: »Stille absolut«.

Herbstlicher Gast Dezember 2008; in einem Brief an Markus Bundi vom 7. Dezember 2008 lag eine etwas frühere Fassung, geschrieben »morgens zwischen 4 und 5«.

Erika Burkart, geboren 1922 in Aarau, arbeitete von 1942–1955 als Primarlehrerin, danach als freie Schriftstellerin. Zuletzt erschienen DIE VIKARIN (2006), GEHEIMBRIEF (2009) und DAS SPÄTE ERKENNEN DER ZEICHEN (2010). Für ihr Schaffen wurde sie mit zahlreichen Preisen ausgezeichnet, so mit dem Conrad-Ferdinand-Meyer-Preis (1961), dem Johann-Peter-Hebel-Preis (1978), dem Gottfried-Keller-Preis (1992), dem Joseph-Breitbach-Preis (2002) und dem Großen Schillerpreis (2005). Erika Burkart starb am 14. April 2010.

Ernst Halter, geboren 1938 in Zofingen, studierte in Genf und Zürich Germanistik, Kunstgeschichte und Geschichte, arbeitete in der Redaktion der Kulturzeitschrift »du«, war von 1969–1984 Cheflektor des Verlags Orell Füssli Zürich, zahlreiche internationale Koproduktionen von Kunst- und Bildbänden, ab 1985 freischaffend als Autor, Publizist und Herausgeber. Aargauer Literaturpreis 2000. Zuletzt erschienene Werke: DIE STIMME DES ATEMS. WÖRTERBUCH EINER KINDHEIT (2003), ÜBER LAND (Aufzeichnungen, 2007), JAHRHUNDERTSCHNEE (Roman, 2009), MENSCHENLAND (Gedichte, 2010).

Nachtschicht *Gedichte von Erika Burkart*

Nach innen verlegt

Ausgesetzt

Schattenzone *Gedichte von Ernst Halter*

Erika Burkart, Nachtschicht
Ernst Halter, Schattenzone
Gedichte

Konzept Design
Gottschalk+Ash Int'l

Umschlaggestaltung
Julia Borgwardt, borgwardt design

Satz
Andreas Töpfer

Foto Erika Burkart/Ernst Halter
© Barbara Davatz

Druck und Bindung: CPI Clausen & Bosse, Leck
Printed in Germany
Erste Auflage 2011
ISBN 978-3-940888-14-3

weissbooks.com

Dieses Buch wurde auf FSC®-zertifiziertem Papier gedruckt. FSC® (Forest Stewardship Council) ist eine nichtstaatliche, gemeinnützige Organisation, die sich für eine ökologische und sozialverantwortliche Nutzung der Wälder unserer Erde einsetzt.

FSC
www.fsc.org
MIX
Papier aus verantwortungsvollen Quellen
FSC® C083411